浮生詩影

謝馨——著

目次

食

味　012
紅燒獅子頭　014
螞蟻上樹　017
燒開水　020
松花皮蛋　022
鴨仔胎　023
木瓜　024
榴槤　026
石榴　028
廈門街頭啖枇杷　032
捲心菜　034
長白山參　036
罐頭食品　037
素食　039
市場公案　041
轎車——聆一位英國女士演講餐館業後寫　043
哈露·哈露　045
手抓飯　047

衣

時裝表演　050
時裝模特兒　052
雲　054
紙的手帕　055
線　057
中國結　059
脫衣舞　062
蠶　063
結婚戒指　065
項鍊　067
柳眉　069
紋眉　070
指甲　072
蔻丹　074

浮生詩影　004
香水　076
藍眼膏　078
點絳唇　080

住

電梯　084
高樓日光浴　087
啊！Honey親愛的　089
屋頂直升機坪　091
都市哨子風　092
水泥森林　094
床　096
水床　099
枕　101
絲棉被　104
薄紗窗帘　106
百葉窗　108
椅子　111
欄杆　115
琉璃瓦　117
飛簷　119
一柱擎天　121
現代的別離──夏宮餞友　127
高架橋　128
旋轉門　130
搬家　132
舊居　134
比鄰　136
花店　138
超級市場　140
五金行　142
機場　144
新生地的遐想　146
王城　148
王彬街　150
華僑義山　152
椰子宮　154

太平洋之星　157
馬尼拉大旅社　159
牛貝虎螺　162
半島咖啡座下午　164
西班牙俱樂部　168
咕咕嚕咕咕——墨西哥餐廳Aunt Mary's Aunt紀詩　171
歌蘿麗亞·瑪麗　175
旋轉餐廳　176
迪斯可　177

行

三把吉他　180
阿狄·阿狄罕（Ati-Atihan）　182
吉普尼　186
牛車吉普賽　187
波拉蓋度假　189
初戀——遊西康妲莊園　190
馬尼拉·一九八四　192
碧瑤的松　195
米稻梯田——詩記菲律賓北呂宋旅遊　198
與華青學子共遊大雅台　200
馬尼拉——我底城市　201
菲律賓有多少島嶼　204
王城　206
匯合——參加紐約泰北女中55屆同學會　208
故鄉的葉　210
交通擁塞　212
初抵愛荷華　214
照拂——贈啟祥、韞瑜夫婦　217
五月花　221
松鼠——新英倫紀詩　223
新奧良紀詩　224
冰柱流蘇——新英倫紀詩　227
大峽谷　228
大冰川——二〇一一年「阿拉斯加·曼登浩」旅遊紀詩　233

勿忘我——阿拉斯加旅遊紀詩　236
深圳印象　238
汕頭紀詩　240
廈大印象　243
納米（Nano）——參觀廈門大學納米科技「亦玄館」有感而作　245
宋桂——武夷山紀詩　248
大紅袍——武夷山紀詩　249
致冰心——參觀福州「冰心文學館」後寫　252
啊！桂林——桂林紀詩　254
啊！灕江——桂林紀詩　255
象鼻山——桂林紀詩　258
鐘乳石　260
內在之旅——遊雲南阿廬古洞、九鄉溶洞　263
石林靜坐——雲南旅遊紀詩　266
阿詩瑪——雲南旅遊紀詩　268
遊天一閣——詩致東明先生　270
遊蘭亭——致「書聖」羲之先生　272
同里奇遇——遊江南紀詩之三　274
澳門大三巴　276
遊杭州飛來峰．靈隱寺有詩　278
新加坡印象　279
觀企鵝秀——遊澳紀詩　282
吉隆坡印象——參加二〇一三年世界華文作家第九屆年會紀詩　284
後印象派後之印象　287

人

懷女兒　292
冰上的旋律——欣悉孫女李莎芮榮獲菲律賓二〇〇四年花式溜冰賽冠軍　295
鎖骨與鑰匙——記童年一次空襲經驗　297
混血兒　302
外星人　305
細姨　307

妯娌 308
移民 310
人潮 312
外交官 315
木匠 317
華僑子弟 319
轉檯子女郎 323
閨密 326
闖入室內的一隻蜻蜓 328
致R 329
在渥因都貝 333
一個人 337
致郁芳 340
音符——贈作曲家施靄麟 342
岷江恭迎一如法師 343
感謝您 教宗方濟 345
紅木椅——為紀念婆婆李許淑媛而作 347
地底的音鳴——贈瑪寧寧 349
靠岸拜占庭——紀念吳潛誠教授 351
老農——紀念王國棟先生 353
輓歌——贈月曲了 355
蜜——贈艾山 357
瑪莉亞．克拉芮 359
最後的酋長 363
拉布拉布致麥哲倫的一封信 365
席朗女將軍 368
蘇瑞佬佬 375

藝

拳擊賽 380
鬥雞 383
觀森下葉子舞《天鵝湖》 385
觀「優人神鼓」演出 387
杯子——於華嚴學會恭聆界靜法師講《六祖壇經》 389
荷花——詩王禮溥畫 391
草與花——林啟祥墨寶「稼軒詞」 393

水墨丹青——賀菲律賓自得書畫會成立十週年
蔡秀雲師生作品欣賞會　395
早春——讀劉國松畫　396
夏日牧歌（Summertime Pastora）
——詩Amorsolo畫　398
美好的時光——詩Amorsolo畫　399
浣衣——詩Amorsolo畫　401
燭舞——詩Amorsolo畫　402
漁舟晚唱——詩Amorsolo畫　404
少女與陶甕——詩Amorsolo畫　405
舞——紐約Joffrey芭蕾學校觀賞排練　407
雙人舞　409
與君共舞　413
黏巴達傳奇　415
貝螺之歌　418
貝殼花　420
南洋珠　421
飾珠　423
緬甸玉鐲　426
百衲集錦　428
雷射唱片　430
紙鎮　431
冰雕的塑像　433
天球瓶　435
天目　436
禮物——明．青花大瓷盤　438
青瓷雙魚洗　441
青花釉裡紅　443
玉壺春　444
睡在荷葉下的小孩　445
雪花藍　447
祕色——詩越窯　448
以詩歌汝　450
淚痕　452
古瓷胎記——詩寫鈞窯窯變　453
甜白　455
轉心瓶　456
香薰　458

仿古陶瓷 460
古瓷 462
多寶串 464
雲紋璧 467
穀紋璧 469
史前玉琮 471
玉具劍 473
玉斧 475
玉觽 477
玉韘 478
合巹玉杯 479
白玉笄 480
盤玉 481
司南珮 483
剛卯 484
飛天 485
如意 487

及……

單純 490
悟 492
始 496
無題 497
角度 499
數字 501
影印 504
感覺 505
夜遊 508
撫觸 510
那些你沒有說出的話 512
晚晴 514
逐夢 515
邀約 516
老來喜 517
花迷 519
仙人掌 520

開運竹　521
虎尾蘭　523
羊齒吊籃盆栽　524
考古學　526
三三讀書會五週年詩賀　529
幸福讀書人——賀三三讀書會十週年紀念　531
望遠　533
高峰會議　536
婚禮　538
政治　540
茉莉花　542
雙魚座　546
寶瓶座　548
摩羯座　550
射手座　552
天蠍座　554
天秤座　556
處女座　558
獅子座　560
巨蟹座　562
雙子座　564
金牛座　567
白羊座　570
群星會　572
千年龜　576
田徑七弦　578
波斯貓　583
蚊　585
速度　588
時差　590
時間表　592
發生　594
互聯網　596
融和　598

食

看！那麼多
那麼多豔麗的色彩——紅、橙、黃、綠
青、藍、紫……都在我杯中
閃耀

味

設若一城底綣戀始於一小小
飲食店，夢中牽腸
掛肚的竟是你
幾樣拿手的家常小菜
多情你應否笑我
異國寄居的歲月
難以更改的豈止是
啊！豈止是濃濃的鄉音

且讓鄉音悄悄藏匿
在另一個不同的語言系統
萬千舌蕾執著綻放的卻仍是
昔日朵頤秀色的歡姿
在最接近初戀心跳的區域
多情我難以捨棄的：啊！

竟全是故都的甜酸苦辣
竟全是故人的百般滋味

紅燒獅子頭

依然辨識不出獵戶星座
的位置，甚至當你
自榛莽叢林的南非歸來，指著
懸於農莊客室的野鹿標本
得意地告訴我Safari[1]
驚險的狩獵經歷

我之不喜狩獵，實與素食
主義無關，何況齋期已過
我又開始迷戀人間煙火
但我是堅決反戰的，而且
生性慈祥溫和
愛極了小動物
達爾文的進化論並未影響我底生活方式

1 Safari，指的是在非洲大陸移動，進行狩獵或觀賞野生動物的一種海外旅行方式。

至於十八般武藝——
邱比特的箭已使我負傷累累
發誓永遠不再做操弓的射手了
而我底槍法，你是知道的
又總是不能也不願傷及
任何無辜的生命
唯一可以誇耀的，該是我的
刀法了——伶俐
矯捷，在砧板上
一如你雙手，在打字機上
趕畢業論文
在琴鍵上彈奏輕快的
蕭邦協奏曲

……唉！我確實
說得太多了，應該先讓你
嘗嘗我的烹調手藝，飯後

再聽你繼續講述南非
狩獵的經歷……

螞蟻上樹

我們在牆角窺伺已久，浩浩
蕩蕩的隊伍，蜿蜒前進……
必須爬上雲梯，進入湖面
一樣圓滑的大平原
才能到達透明芳香的
水晶叢林——那比童話
更奇妙的枝椏，我們可以
攀緣，像孩子
爬上樹梢
採摘鮮紅的果子。看嗷嗷
黃口，在窩中等候
慈愛的雙親
銜回肥嫩的青蟲……
……

天空飛的、水裡游的、地上
爬的……主人得意地
介紹著精美的菜單：蛇膽
猴腦、象鼻
熊掌……客人皆是圓桌
武士般充滿了冒險的精神、喜愛
品嘗各式風味的
特異珍饈
……我們依然匍匐
前進，自雲梯
登上圓滑如湖面的大平原
我們已聞到水晶叢林芳香底氣息
我們已見到水晶叢林閃亮底光彩
……竟然是……通行無阻的呢……
在進入水晶叢林之前，我們慶幸地
環顧四周爛醉
如泥的美食家……童話般的夢境
果真實現……在枝椏間，我們徜徉

遊戲……「似乎
……似乎真是蠕動著的啊！」突然
我和我的兄弟
被一股巨大的力量，連枝
帶葉地懸空挑起，迅速地被放入
一個比地獄更黑暗的深淵……我感到
熱、感到窒息……但卻想起木馬
屠城的故事……
……便不再掙扎

燒開水

為你沏一壺清香可口的新茶
為你準備一個暖暖如春日的
熱水浴……淡若君子的
情誼，達到
飽和點之後，可以推動
一輛滿載悲歡
離合的長長列車啊！
（親愛的，我們將駛向何方？）

如果壺中
是一片冰心，如果
啊！是一汪止水……但這是
冷冷的冬日，我情不自禁
要為你點燃
一朵紅焰

021　燒開水

為你，祛寒解渴
為你，赴湯蹈火
為你再一次忍受情底
燃燒，意底
煎熬，以及無可抑制的
慾底沸騰

松花皮蛋

黑色的擁抱與冬眠無關
縱然透明的窗玻璃印滿
雪底圖案　且以
滾燙的舌尖給予吻的熱情
凝凍的結晶體依然呈現
百年孤寂的冰寒之姿

土牆禁閉　也是一種內省的方式
破繭之後雖無蝶化的展翅
卻有白晝與黑夜
蛻變的神奇　以及
松針繡出——
堅毅不屈的君子形象

鴨仔胎[2]

圓寂後早對一切處之泰然
羽化是要經過千年修煉的
未知生，焉知死
至少痛楚是感覺不到了

如果初生的毛髮與骨骼令你心悸
血淋淋的屠殺將更慘不忍睹
還是記取那些金黃日暖
白玉生煙的日子
有人摘下了一朵猶在含苞的玫瑰
有人搖落了一顆尚未紅透的櫻桃

---

[2] 鴨仔胎，菲人稱做Balot，閩南人稱做「鴨仔胎」的是一種尚未完全孵成小鴨之鴨蛋。殼內已初具毛骨形態。烹而食之，滋豐味美。此乃菲國極其普遍的獨特珍饈，沿街有賣。

木瓜

已然成為
禁慾主義者
食譜中
最清高的
偶像

果盤中的
一片
木瓜
總是像
沙灘上的
一葉
扁舟
寧靜而澹泊地
擱淺著

而單純的
銀匙
正好用做
弱水三千只須
一瓢飲的
工具呢！

榴槤

捨不得走
捨不得離開
回味像果子
果子的蠱惑
與名字

不是生長在伊甸園內的
禁果　不會誘你
犯罪　而是生長在
桃花源——南太平洋
失落的
地
平
線
之外——綠樹

紅花
藍天　碧海
白白的沙灘……只會使你
留連　留連

只會使你想學Gauguin[3]
寧棄一歐陸的
文明　與赤足
裸胸
的土番女　遁入一張
印象派的畫
捨不得走
捨不得離開

[3] Gauguin，指高更（Eugène Henri Paul Gauguin, 1848-1903）。高更生於法國巴黎，印象派畫家。晚年旅居於法國殖民地大溪地，當地生活成為他靈感的泉源，繁茂的植物和豐富、鮮豔色彩的居民服飾，原原本本地成長為他所使用的色彩，他的多數傑作都在這一時期完成。他最著名的經典作品為《我們從何處來？我們是誰？我們向何處去？》。

石榴

奈代奈爾，關於石榴呢？

——紀德[4]，《地糧》第四篇

甚至不能以情底
惘然　來做藉口
味覺的追憶　也不能以一幀
泛黃的照片　來印證
成篇的文字　來描述
或是像音波鏤刻的紋路
一次一次　來回
走向我們　就像「一聲嘆息」
的曲子　帶我們重返
那個飛花的小城　抽象
但並不虛無　較沙漠的
蜃樓　真實多了　但我們能秉賦

4 紀德（André Paul Guillaume Gide, 1869-1951），法國作家，1947年諾貝爾文學獎得主。《地糧》是紀德年輕時，遊歷北非和義大利之後寫成，用第二人稱敘事。紀德本人在1927年法文版序上評論《地糧》說：「這是本超越、求解脫的書，人們卻把我深鎖其中。」本書可能是他最受廣泛閱讀的一本著作。奈代奈爾，是《地糧》中敘事者的「弟子」，敘事者教導他兩件重要的事：其一是拋開家庭、傳統教條和安穩生活的羈絆，其二是追尋癡狂、無所畏懼的冒險。

駱駝反芻的功能嗎　且
舌蕾亦已超越
季節的輪迴　不僅限於
每年春日的綻放　因此奈代奈爾

三十年後　越過
赤道　由熱帶　亞熱帶我去到
遙遠的北地　突然面臨一枚
　石榴
之際　竟然驚慌
呼叫　不知如何應對　握起一把
不鏽鋼刀　對著它便切了下去
令我咋舌的　不是鮮血
的色澤　而是蜂巢
的形態——我已全然忘卻
那精巧獨特的間隔——五角形的
建築　並非皆係國防軍備的
大本營　自然諧和的

結構　是不容任何武器碰觸
褻瀆的　我羞愧地
想要衝出戶外　像一隻蜜蜂
啊　奈代奈爾　我也不能粗鄙地
以高利貸的手法
剝削　自柑橘
一瓣瓣取出黃金
的月亮　或是優雅地
以迴文詩的技巧
旋下　鴨梨的
孔融式謙讓　同時我發現

石榴
竟是具有頭戴
冠冕的形象　屬於突破的
震撼的　爆裂的
火山般地　噴出一地紅寶石
煙花般地　閃出滿天空星斗
神話般地　蹦出許多紅孩兒

031　石榴

奈代奈爾　你體會到
　　石榴
的滋味了嗎　我要你與我
一同分享

廈門街頭啖枇杷

不會把妳的名字寫錯
如果我在廈門街頭
彈琵琶
妳是——
妳是那弦外之音
非潯陽江頭
天涯淪落的淒涼
非塞外異域
風沙滾滾的寂寞

至於海外遊子
花果飄零的心境
對妳來說更是
另一種浪漫與憧憬
暮春初夏最怡人的季節

033　廈門街頭啖枇杷

二〇〇二年久別
乍逢於廈門街頭
迫不及待重溫
甜甜滋味的初吻

捲心菜

重重的心事向誰傾訴呢？
田野間
泥濘遍地
露重霜寒之外
又是風風雨雨……

如果能像花瓣開顏展笑
招蜂引蝶的生命
也許多彩多姿些
否則
如葉瓣
過著輕飄放蕩
送往迎來的生涯

對於拘謹保守

全然內向的性格
作繭自縛
是一生不得解脫的悲哀
只能用逃避現實的
夢
緊緊裹住自己：在夢中
長大　在夢中
成熟　在夢中
期待——
重重的心事
有一天
你會為我
憐香惜玉的
一層一層
掀開……

長白山參

靜心修煉
無意成為一株絳珠
百草之王的期盼
豈是紅樓一夢的來生

明知「人身」難得
日照月映、餐風茹露
綠野山林亦能孕育
音韻形態相似的「人參」
見否？見否？——我修長
茁壯的肢體、肩背
頸項……眼、耳、鼻、舌
以及深深蘊含的奧祕

罐頭食品

奇蹟在
銅牆
鐵壁後隱藏著

豐年過後
他們把玉黍蜀撒在地上
餵鳥
成噸的鮮肉倒在海裡
過剩的葡萄壓成酒……
然而，仍然有許多植物
不能歸根，許多動物
沒有歸宿

在禁閉的，黑暗的
密不透風的牢獄裡

修煉

面壁而坐，屏息而待
抗拒時間的風化，追求
不朽

不想學木乃尹
火焚時，也不奢望變成
一顆舍利子，受你
膜拜
重見天日的那一天，把
五臟六腑都挖出來
奉獻你

素食

聖壇祭祀供奉的代罪羔羊
是一尊黃檀木雕的
藝術品——沒有殺戮、殘害
那年風調雨順——
豐收慶賀的載歌載舞
響徹雲霄

英雄結義的盟誓
也無須血腥的印證
幾滴甜美的紅酒
同樣顯示著內心的赤誠
鐘鼓琴弦替代了刀槍弓箭
再不會有屠宰場淒厲恐怖的呼聲

炊煙裊裊自地平線升起

菜根香氤氳出清新撲鼻的氣息
千年榕樹濃蔭下
有九句老翁講述
菜根譚的故事——
種豆得豆、種瓜得瓜

市場公案

一切皆以不起訴處分
那些血腥
　　與
　　暴戾——割切雜陳的動物
屍體　分門
別類的臟腑以及生吞
活剝的魚蝦　在末日
末日的最後審判

甚至悲憫
也成為一種不合時宜的
矯情　婦人
之仁底誣衊
已被澄清——菜籃裡
一包包皆是被肢解的

殘酷底見證

滿腹經綸的
知識分子
最暢銷的書籍是食譜
最熱門的課題是食經

無關乎靈魂的
超越
茹素　只是個人
品味的抉擇
一把人間煙火焚毀
所有的檔案
包括懺悔
　恐懼
　　與無奈

轎車
——聆一位英國女士演講餐館業後寫

那時我尚未將妳比成
一輛轎車——勞斯萊斯或凱迪拉克
當妳站在台前
講授旅社與餐館業的
經營與服務
一頭金髮新穎秀麗
一身服式和諧端莊

輕快平穩登上
高速公路的感覺是在妳
一瀉千里通行
無阻的語言
操縱自如的手勢以及
靈活運轉的

姿態——一輛流線型的轎車於焉誕生

妳示範著排列一連隊
高低大小的
水晶玻璃杯，像極了
明亮閃耀的車燈
妳講解如何使用
銀質典雅的刀叉湯匙
像極了秩序井然的一長隊
車河
啊！水中冉冉升起的
竟是一朵潔白
餐巾摺成的
百合花

哈露·哈露[5]

混血兒的風姿，便如是
閃過我腦際——融和著西班牙的
美利堅的，中國的
還有茉莉花香
飄揚的呂宋島的……而混血兒
他們說：都是
美麗的

也是象徵一種多元性的
文化背景——不同的
語言、迥異的風俗
習慣、宗教信仰
和生活方式……像各色人種
聚集的大都市，充滿了神祕
複雜的迷人氣息

[5] 哈露·哈露（他加祿語：Halo-halo），是一種把甜豆、果凍等東西一同摻在沾著煉奶的碎冰裡食用的菲律賓甜點。在他加祿語裡，Halo-halo有「把東西混合在一起」的意思。

又像是
一個熱鬧的大家庭
Home Sweet Home
充滿了笑聲，歡樂
與愛。在信奉天主教的國度
人口的節制，是違反
上帝的意志。而傳統的
東方思想，又是那樣重視
家族的擴充和子孫的繁衍……

其實，這是一個慶賀豐收的
嘉年華會啊！
　家家張燈結綵
　處處歌舞通宵
看！那麼多
那麼多豔麗的色彩——紅、橙、黃、綠
青、藍、紫……都在我杯中
閃耀

手抓飯

刀光叉影的騎士風範
舉箸未定的圓桌武士
啊！不
真正打動芳心的
卻是一位赤手
空拳的
江湖俠隱

……必將導致——
另一次
領袖爭奪的暗潮
裙帶關係的波蕩

衣

時裝表演

觀眾感慨萬千談論著
歷史的循環　朝代的興衰
物極必反
靜極思動
以及河西河東風水的流轉
甚且相信
色澤與線條
款式與花紋
也屬於晝與夜的
交替
春去秋來的自然變換

而在伸展台上走動著的
輕巧的模特兒　又那樣
若有其事地做出

一個扭轉乾坤的
一百八十度大旋轉
且用她的裙角
飛揚起　被遺忘了的
五十年代的風雲

於是他們愈加肯定：那件
被摺疊　被壓抑
被禁閉在樟木箱底的
金縷雲裳　它的
古典主義的典範　保守派的
信仰　必將導致——
另一次
領袖爭奪的暗潮
　裙帶關係的波蕩

時裝模特兒

不要這樣赤裸地　走向我
瑪麗莎
把妳的衣服穿起來——
　穿成一個氣候
　穿成一個潮流
　穿成一個季節
像姿態優美的
枝椏　垂掛著綠葉果實
與紅花
像孔雀　瑪麗莎
自信地走向
伸展台
去展示
一襲嫁衣裳
——每個少女甜甜的夢

一件金縷衣
——勸她們珍惜青春年華

瑪麗莎　不要這樣
赤裸地
走向我
把妳的衣服穿起來——
　穿成一個典型
　穿成一個風格
　穿成一個名字
今年初秋流行的是什麼款式
瑪麗莎　讓那些衣冠
禽獸匍匐在妳腳下
讓他們讚嘆
讓他們仿效
讓他們知道葡萄的成熟
依賴著
花架

雲

曾被詩人擬想成
貴妃衣裳的妳
千百年後
依然風姿綽約
在穹蒼空曠的
大舞台
作秀

紙的手帕

不能在左下角
繡上你的、我的
名字。不能
緊緊地扭成
一個同心結
不能包紮
受創的傷口。風起時
繫不住我紊亂的髮。雨來時
比我的淚更易崩潰
不能摺疊起來
放在最貼身的口袋裡——我的
心跳會擊碎它。我的
汗水會侵蝕它。不能把它
藏在最祕密的地方，許多年後
拿出來，在燭光下

撫觸它，對著它
想起你笑的樣子，想起
我輕輕用它擦拭
不小心留在
你鬢邊的唇印，想起
臨別依依
你對我說的
話

線

綴拾起珠淚，讓你掛在
頸間——憂鬱
便成為美麗的裝飾品
綴拾起心底碎片
夢底殘痕，為你
製一襲華衣
赴宴

以橋底姿態，綴拾起
阻隔的萬水
千山，自裙裾的破綻
自袖邊的裂縫
自一粒你
失落的
鈕扣

牢牢繫住，一紙
訊息，於鴻雁的足
綴拾起命運，以細細的
線
於千里，是姻緣
於破鏡，是滿月的
夜晚

中國結

催眠之後，依然難以訴諸語言
和文字。啊！中國
你是我潛意識最最深陷的戀母
戀父情結。回到嫘祖第一隻
春蠶的襁褓時期，或能闡釋
我內心曲折、繁複的糾纏
和掙扎。在血
濃於水的心電圖表上——紅線
牽的、綠雲編的、金線織的
銀絲盤的……迂迴
如山、蜿蜒似水全是
我對你
綿延縈繞剪不斷
理還亂的繾綣思念。啊！
中國，我用古老

結繩的方式向你傾訴
你能以先民的直覺尋出
我成長的脈絡和錯誤的
癥結嗎？作繭
自縛的矛盾，莫非是歷史
變遷的後遺症，網罟之困
莫非是
朝代風雲的陰影。但我底憂慮
畢竟是多餘的：萬象
紛雜的思緒中，我已摸索出
一
以貫之的方向和途徑——纖柔的
步履，執著地
仿效你華夏底韻致。且在每一個
轉身的姿態，每一個
低徊的流盼裡，中國啊！
中國，我癡迷地模擬

你
漢唐的風華

脫衣舞

大旱之眼仰望
霓裳，徐徐飄落……自天體
無雲的晴空，該有一幅
皎潔的月——啊！那樣渾圓的輪廓

而羽衣緩緩鬆解後的
天鵝湖，是一片明淨原始的
赤裸——啊！那樣的山、那樣的水
　　那樣柔和的線條

蠶

春日以後
即不再執著
於情底癡迷，
蠟炬的淚滴
終成灰燼，
火浴的鳳凰
再生　飛起。
也許以與你
同音韻律的
禪　得以感悟
你自我禁閉，
自我釋放的
思緒——絲路的
經緯豈止萬水
千山的跋涉，

尤須　遠溯
媬祖母儀
天下的恩澤，
螻蟻之軀
亦能表現
一片光潔
璀璨的織錦。
你喫樹葉，
我啃書頁，
你吐絲，
我寫詩。

結婚戒指

寂寂無名的
巫山
第四峰　山腳下棲息的
豈止是崇尚
唯美主義
虛飾浪漫的鴛鴦
蝴蝶派

那一對歃血為盟的
金童
玉女
已在五百年前約定
前來廝守
終生

指紋鑑定後　確實是
姻緣簿上
畫過押的——他們
便像河流
地久天長地
環抱著
一山的誓言

項鍊

我的頸項，是不容遮掩的
那個嬌柔地穿著一襲和服的
日本女子說：天鵝湖的故事
就是由那裡開始……

而且，我喜歡將一頭烏黑的髮
像山巒
那樣高高地梳成髻。如此
你的思緒即可隨雪線起伏
原野，你的夢幻
如絲路
蜿蜒古今

你的吻亦可
從那裡開始，順著

我們一同攜手漫步的小徑
森林的神奇，圓舞曲的旋律，即
優雅地，懾人地展開——
一圈一圈是珍珠
串的，寶石鑲的
花朵綴的
星星織的……好美！好美！

柳眉

已然牢記你有關婦德
婦容底諸般叮嚀：每晨不忘
對鏡臨摹
柳體書法纖細
秀麗的筆觸，甚至
墨色的深淺亦遵循
淡泊寧靜
如五柳先生底人生觀
飄逸自然的
神態，當然是屬於
悠然的
南山面貌了

紋眉

閨房舉案已成市場公案
牽連者　竟全是些煙視
狐媚的婦道人家
罪名可還真不輕哦
涉及傾國與傾城

疑犯的辨識
紅顏之外　端賴兩道
刺青的黑帶
（柔道至高的段數
功夫的深淺　就在柳梢劍
月彎刀之間較量著）
至於有關祕密謹見至尊的那些情節
淡掃的一筆帶過　也嫌多餘了

聽說入盟的儀式
非焚香　非歃血
而是識巧如蜂吻的
花針　標榜的宗旨更是
為了美
為了自然
為了愛——兩隻畫眉鳥
在明媚的湖畔
雙飛成
永恆的浮雕

指甲

那時我們已超越水仙
自戀的年齡，便決心
要把自己變得堅強起來
像中世紀的騎士那樣
　披上盔甲
　　塗上保護色
一副英武非凡的樣子

從一個城堡
到另一個城堡，參與著
劫美的活動
在光滑如原野的脊背
在起伏如季節的容顏
留下
　　血的手跡

劍的吻痕

女巫指著水晶球喃喃地說：
要一束髮、一滴血
一片指甲……用火焚燒
才能止息
那樣　愛與恨

萬念俱灰後，終於
退隱到山隈水涯的地帶
過著拾取貝殼的日子
聽江海澎湃
洶湧的浪濤來自心臟和大動脈
……

蔻丹

蔻丹的色澤來自鳳仙花瓣[6]
如蔥的玉手即有紅的搭配
那是情竇初開的率真情懷
與染指無關連的純美天性

牽手乃係嚴謹的
終身大事——
　手印的按捺
　掌紋的核對
　生命、感情、事業
　息息交織　密密締結

而塗抹、描繪、修剪、黏貼
熱帶魚般五色的詭譎
虹霓燈樣七彩的繽紛

6　鳳仙花又名指甲花，可供觀賞、染料及油料。幼時嘗以鳳仙花瓣搗碎，包紮指甲，次日即呈紅色。

也確實是華麗如御窯
　光潤勝閩漆
一種賞心悅目的藝術

香水

被禁閉於水晶瓶中的
花底精靈，以非花
非霧的姿態，悠悠甦醒——
那些失落了的
遙遠的，充滿茉莉、玫瑰
紫羅蘭的春日，即不動聲色
不著邊際地像鳥
飛來，像雲
飄來
像水　流來
像玉人　風情萬種地走來

且放浪於形骸
之上　且回歸
於最初之一吻　一笑

一珠淚
一花瓣
青春褪去前最後的一抹殘霞
幸福逸去後留下的一根白羽

夢醒後
啊！一如提煉後
的昇華——
萬紫
千紅
了無……痕跡……

藍眼膏

塗上藍眼膏的時候
你不會見到我
哭泣……

我已懂得憂鬱，比爵士樂底
藍調更低沉的韻律
比畢加索藍色時期更陰暗的畫面，甚至
比藍田
更淒迷的詩句[7]。我已懂得由濃
而淡，由淡而濃的
藍色天空底無語的悲哀
由深而淺，由淺
而深的藍色底海洋的無盡的孤寂
我已懂得，真的，我已全然
懂得屬於藍色的

7　比藍田更淒迷的詩句，指李商隱的〈錦瑟〉詩：「錦瑟無端五十弦，一弦一柱思華年。莊生曉夢迷蝴蝶，望帝春心託杜鵑。滄海月明珠有淚，藍田日暖玉生煙。此情可待成追憶？只是當時已惘然。」

憤怒、感傷
與幻滅。可是你不會
見到我
哭泣……
當我塗上藍眼膏的時候

點絳唇

而我真如一闋
小令，婉約纏綿
深印
於你腦際
永不褪色

紅了
櫻桃的往事
你一遍一遍回味
反覆背誦
吟詠

縱然
紅塵若夢
為你

我仍將再賦
新詞

住

——當希聲的
大音　被文明的更漏壓縮
你便聽見
風　臨城下的祕密

電梯

水銀柱般
上上　　下下
上　　下
　　　下
上
高樓的體溫
比女人的
心
更難侍候
　　七樓
　　　　三樓
　　　　　二樓
九樓
充滿階級鬥爭底動盪

和不安
攝氏100
　　　　　　華氏32
沸點　　　　冰點
　　　或是溫開水
毫無表情
出出　進進
　去去
　　　　　來來的許多
數不清的
臉

水銀柱般
升　降
　起　　　　落
高樓的血壓
比天氣的

善變

更難捉摸

高樓日光浴

赤身露體有
回歸自然的欣喜
陽光的洗禮比教堂的聖水
具備了更多的實質和純意

而我是在高樓
頂端的深閨繡房
憑著窗台
像靠著神壇

一架直升機在屋頂盤旋
但那不是帶著望遠鏡的偷窺者
兩隻飛鳥自窗前閃過
牠們亦非登徒子的調皮搗蛋

當然我更非炫耀修長雙腿
優美肩背的暴露狂
我的窗外是藍天
白雲的空曠

啊！Honey親愛的

不知何處飛來一隻
大黃蜂　在我陽台
親手蒔植的花叢盤旋
三十層的建築對牠來說
只是一個小山坡的高度
不用爬樓階
不必乘電梯
輕拍翅翼
須臾而至

正在享受清晨日光浴的我
對牠的突然出現
感到莫名地惶恐　思忖著
如何將牠逐出我的領域
放下手中握著的一杯蜜汁

啊！蜜汁　這不正是
牠辛勤採摘的佳釀

頓悟般我輕輕坐下
禪定般看著牠
親吻一朵紅豔的花蕊
啊！Honey親愛的……我心中滿溢
對生命的神奇和喜悅

屋頂直升機坪

你當知悉那幢高矗的建築
它幾乎和天空碰觸
但我來自九霄雲外
像一隻蜻蜓般逍遙自在

非為尋求花朵或水池
水泥森林處處堅若磐石
而我亦鋼筋鐵骨的硬朗
棋逢對手壁壘相當

當我緩緩輕觸
你光滑的臉頰
以旋風式的狂歡
你擁我入懷

都市哨子風

一幢一幢入雲的大廈
　是
一隻一隻巨型的豎笛
一排一排敞開的窗戶
　是
一個一個吹奏的管孔

當希聲的
大音　被文明的更漏壓縮
你便聽見
風　臨城下的祕密
一如千年巨獸落入現代巢穴的陷阱
又奮力掙脫逃逸

一如自我靈魂突破瓶頸時的
狂號
那是
比白駒過隙尤晦澀的隱喻
較恆河沙漏更繁複的意象

水泥森林

夏娃亞當苦尋伊甸翠林
七賢高士難覓幽深竹林
一座座、一幢幢、一叢叢出現的
是巍巍矗立的水泥森林——十二層
十六層、三十二層、八十層
壹佰零壹層、壹佰零貳層
　　高
　更高
還要高……像堡壘、像巨無霸
像雲中君……冷峻、肅穆、酷……

是誰創出那第一個模式？
是誰劃下那第一張藍圖？
是解構分裂、形象怪異
立體派的畫風？

是晦澀詭譎、虛玄奧妙
現代詩的文字？
是節奏離譜、噪雜刺耳
敲打樂的音響？
是軟體硬體、文明科技
是時空運轉、潮流沖激
無休無止、永不停留……

且讓惶惑迷亂的心寧靜下來
且安閒地坐在觸及雲霄的樓中樓
欣賞一曲維也納森林
交響樂清幽的旋律
品嘗一塊黑森林
蛋糕甜美的滋味

床

什麼是你
知道，而我不知道
　在
　　水
　　　平
　　　　線
　　　　　下
當呼吸均勻
起伏如波浪——千尋的
海底，有彩色
斑斕的魚群，悄悄穿越
美麗的珊瑚叢林。一艘
古老的沉船，擁抱著
無數的寶藏，和一個神祕的
傳說，等待著

水草搖曳
生姿，有異光
閃耀自黑暗的漩渦
深處……而海面波平
如鏡
如我安適的睡眠

什麼是我知道，而你
不知道
在
地
平
線
上
當鼾聲微微
如傳遞訊息的擊鼓——來自
遙遠的洪荒。我看見
茹毛飲血的原始人，學習鑽木

取火
星座熙攘，轉移著
方向。時光的腳步
伴著明天，向我走來
一朵小花，正徐徐
展顏，柔和
如嬰兒
如我夢中的微笑

水床

臥姿的凌波
仙子無須以腳韻
步出如夢令
古典底婉約
寶瓶座的年代
大氣的紫外線
滲入浴室
朦朧的微光圈
迷你的江
湖與海浸注閨房
隱祕的陰陽界
當鴛鴦枕泛起層層綠漪
龍鳳被掀出朵朵紅浪
俯仰之間且任
波濤起伏

潮起潮落
蓋原生的軀體亦是水做的

枕

黑暗中，輕聲
細語說的許多話，昨夜
你都聽見了。如果
有一兩滴忍不住的淚
滴在你身上，我會親手
替你洗淨。如果當時
由於激動
而緊緊
抱住你不放，那是由於
沒有開燈的緣故

現在，陽光
自窗外射進來，又是一個明亮
美麗的日子。我便能冷靜地
與你

高談闊論一番——知性如佛洛伊德
潛意識的
心理學，莊周蝴蝶
夢的
人生哲理，或是感性
如河洛之神
金鏤玉帶哀怨的
歷史故事，巫山之女
雲雨纏綿的古典文學……甚至
我會突然用另一種語言
為你大聲
朗誦兩句艾略特的詩：
"We are the hollow men……
We are the stuffed men……"
而你
總是靜靜地
聽著。充滿柔情
充滿愛地聽著——默默示意

要我，在臨睡前
不要忘記：取下
頭上的髮夾，讓綰住的
千絲萬縷散開
像月光
像流水
像夢一般
溫柔地
　　溫柔地散開……

絲棉被

當然，我無意
重複抽絲
剝繭的過程：由蛹
至蝶，遠溯至
老莊底夢境

我只沿著
絲路，尋覓
溫柔鄉
的位置；彩繡的
地圖在被面
勾勒出東方
旖旎的經緯。織錦的
羅盤，由纖細的花針
指向　古典

琴瑟的
　一絲一弦

點燃一隻紅燭；低吟
　一首藍田
種玉的晦澀詩篇
啊！溫柔鄉，雲深
霧重，虛無飄渺
如芙蓉帳
閉上眼，依稀聽見
春水暖暖
自枕畔流過……

薄紗窗帘

非全裸地
含蓄——
被挑逗的想像力
便不只是一窗
展示的風景

端莊的女子
風起時——
偶爾露出潔白
柔軟的
底裙

若隱
若現
若你唇邊

惹人遐思
淡淡的笑意

亦真
亦幻
亦是小窗夢中
揚起淺淺的
浪花

百葉窗

加些陰影是必要的：多一些
深度，多一些
層次。如此沿著
光與影的階梯便走向
另一個境界
另一個明日

那兒有許多季節的風景
許多山、許多水、許多
地
平
線
在貝葉與貝葉之間

在書頁與書頁之間

你嘗讀遍
多少不朽的經史子集
多少千古的詩詞
歌賦？當孤寂籠罩，憑窗
遠眺，你是否感嘆
見到的只是隙縫中
狹窄的
一
線
天
而在黑與白、晝與夜的
琴鍵上，你聽到的是貝多芬
壯烈的命運交響曲
還是夜鶯的
歌唱，來自濟慈
悠美的詩篇
那樣突然地
萬道光芒，射自濃蔭

蔽天的
樹葉與樹葉之間
是怎樣一種心靈
的震撼，一種對造物者
神奇的讚嘆
一種登上光與影的階梯後
馳目騁懷於明於暗
於悲於喜、於善於惡
的交流、的對比、的替換

椅子

來了又走了，那些
自稱萬物之靈的
脊椎動物
疲倦了即前來依靠我的
怪異，善變
而不可捉摸的族類
總不能像我穩若泰山，腳踏實地那樣
活著，總不能像我
練就一身坐懷不亂的功夫
懂得一動不如一靜的真理

如此執著於虛飾的
物質的外表：他們以玉石
雕我，金銀鑄我，絲帛纏我，紅木鏤刻我
藤蔓編織我，珠寶象牙鑲嵌

我，而我卻是
無時不在
無處不在
不拘形骸，不事喧嚷的
真實的存在——
在湖邊、在樹下、在牆角、在草地
在石堆、在你
慌亂而需要鎮定的心靈
在你疲累而需要
休憩的身軀
你坐下
我便存在
對於成為
神聖、崇高
權利與力量的
表徵形象，確實
是令我受寵若驚的，為了
一個寶座

而拚得你死我活
一個王位
而勞師動眾，生靈塗炭的例子
歷史上
是層出不窮的。然而
有些事是必須
必須坐下來
始能找出頭緒，有些
智慧
是不能在奔跑
跳躍的狀況下領悟的

肅穆而端莊
冷板凳
的哲學卻非我
著意宣揚的宗旨
當你孤單疲憊頹然
傾倒於我懷中

感嘆世態炎涼，怪我只知紀律
森嚴、冷酷
無情不肯邁前一步
或退後妥協的
本位主義

我又如何
向你解說
如何使你相信：我生存底終極
目的，只是一種
忍勞忍怨的承受
寬容慈愛的接納
無怨
無求
的慰藉

欄杆

只是小小的禁忌啊，和牆底
絕緣體相比——如此分隔
的方式，是屬於情人的
爭吵
是更形繾綣的別離

規劃後的秩序，是一種
軌道——行星般
認清了應該遵循的途徑，便不再迷戀
征服宇宙的野心
而在彈丸的地球，我也有過
佔有世界底慾望，像亞歷山大
或拿破崙，那是很久
很久以前，我很幼稚

現在我已認清自我
的界限，同時瞭解什麼
是真正的快樂；有所歸依的
感覺，是幸福的
被約束也是一種喜悅

琉璃瓦

骨牌戰術
在屋頂展布
防衛風、霜、雨、露的
侵略方式。一塊
一塊
一塊一塊極其規律極其
原則性地
排列著

必須更上層樓，必須
把視線放在鳥翼上，始能觀察
愛坡雷神的萬道雷射線
如何被反射、折射、輻射
迴射成多彩的光影與線條；幾何角度
的詭譎，建築藝術

的神奇，交織成
有巢氏後裔底尊嚴

那泥水匠，踩著如履薄冰的
步伐，檢驗過
可能發生的漏洞後，是晚
一位身輕如燕的
俠客，縱身
跳上屋簷，竟因不忍踏碎一片——
一片美麗的
琉璃瓦
而捨棄了一次
盜玉立功的機會

飛簷

來自北海的
大鵬鳥，棲息
於屋頂
（次日，一位精忠報國的
大將軍便誕生了。）
啊！如果你抬頭
仰望，你便會聽見
那樣神奇的預言，祥瑞的
徵兆，也是一種訊息。來自
遙遠的東方，東方的
古典
你便會看見南朝，煙雨中的
四百八十寺，風月裡的
長安，冠蓋
京華滿，你便飄然進入

月洞門——
　　　玉砌、雕欄
　　　　紅柱、迴廊
　　　　　　庭院深深。啊！
那邊
　是西廂——雲屏、珠帘
　哪一位麗人的
　繡房？一對兒
　黃蝴蝶翩翩
　飛過粉牆，你的視線又隨著由下
　而上，仰望：
　望翅翼待飛前的昂首
　雲天，金榜題名後的
　崢嶸年少。望
　東方，日出前的
　霞光璀璨
　——七彩的夢落在屋脊上。

一柱擎天

抱住我，把你滾燙帶淚的臉頰
　　貼在我身上
　用你無力的雙手向我搥打
　　對我聲嘶力竭地喊叫
　　　對我喃喃低語
　　　你的悲痛與哀傷

　　我早已學會冷漠
　　學會了無動於衷
　　　甚至你像
　　歷史上的忠臣烈女
　　　驚天動地的
　　把血花四濺的
　　　　頭
　　撞在我身上

我不會彎下腰來
　與你攀談
和你擁抱
　向你
傾訴我的疲倦和孤獨
　甚至你像
　長春藤
連枝帶葉的
糾纏著我

　在美洲
情人們躲在我
初期殖民地建築式的
　潔白的
　美麗的
廊柱的蔭影下
柔腸寸斷地吻別

當南北戰爭爆發
　　在非洲
　在南太平洋
許多原始風味的島嶼上
　　土著們
　把他們的信仰
用色彩斑斕的圖案雕我
　　成圖騰柱
　向我擊鼓膜拜
企求風雨、五穀和
　　平安
在你精緻的溫暖的家
　　是一根樑柱
　替你支撐著
屋簷的傾斜和屋瓦的
　　重壓

我必須
直立
必須冷漠
必須
支持著
高舉著
負荷著
承擔著
一些什麼

在雅典頂城
伯特農神殿的
石柱上
幾千年來
我支持著光輝的愛琴海文化

在中國
他們用大紅燙金的

龍
鳳
裝飾我
君臣百官
向他們英明的聖上天子朝拜
在我的腳下

在羅馬
米開朗基羅的傑作頂在
我頭上
招搖過市
凱撒和安東尼立在我肩上
裝模作樣

現在，你知道何以
我必須永遠
直立著
必須冷漠

因為你的哀傷
怎樣也比不上
　一根倒下
柱子的淒涼
　你的悲痛
絕不會像一節
　　斷柱
那樣地令人黯然
　　神傷

現代的別離——夏宮[8]餞友

灼熱的季節不適宜話別
何況仲夏夜之夢猶待織就
香格里拉的青春永不老去
羅曼蒂克的情懷乃恆久可以
佩戴的光環

商籟抑揚五音步不合時尚
商隱頓停七韻腳亦嫌蹣跚
現代的別離早已沖淡了
銷魂底黯然……
千尺桃花潭[9]沉潛著深深的情誼
萬里噴射雲刻劃出長長的祝福

---

[8] 夏宮，係香格里拉酒店的中餐廳，相傳香格里拉是「失落地平線」外之仙境。
[9] 李白七絕詩句：「桃花潭水深千尺，不及汪倫送我情。」

高架橋

必然是飲過忘川之水的
我已全然不記得
前世
君臨江湖的雄姿。滄海
桑田原是不值得驚異的
只是偶爾無可解說地
總想向水中
照一照
自己的影子。揚帆
遠去的老人，經過我
腳下，便不再回頭
拾貝的孩子說：橋洞下
已成了污穢的堆積所
可是你知道有些河流
永遠

不會乾涸，甚至已經
凝聚成泥土——啊！洶湧的
人潮依然不分
晝夜地起伏。奔流的
歲月，一波接著一波而
滾滾
車輪沖走了多少韶光
多少年華似水……
而我，你是知道的
依然是慈悲
為懷的引渡者，可是在陸地
與陸地
全然是陸地的
紅塵十丈
岸
在哪裡？

旋轉門

只須站在
適當的位置，即可像地球
那樣轉向
另一個季節，另一個
白晝與黑夜，無須
推敲
即可進入另一個
境界

玩魔術那樣地
一轉身
即不見了，即進入
牆的另一邊，像坐木馬
的孩子，享受
旋轉的樂趣

於是出口和入口
成了一種
方向的遊戲，而且
他們不再
把禁閉的感覺，歸之於
門底罪惡
人與人的隔閡
在沒有門的地方，也一樣
存在著……

搬家

花轎般地被好兄弟們呼喝著
抬起　重新著地時——
窗前的芭蕉變成了棕櫚
門邊的野菊轉成了茉莉
屋後的海
現在是山
日和月
也悄悄對調

舊宅的窗依然是舊宅的窗
故居的門依然是故居的門
地基　屋樑
茅簷　竹牆
只有新嫁娘的床
換成了坐北朝南——

是多子多孫的方位啊！

後記：菲國村落，住屋簡陋。搬家時，眾親友鄰人，將整座房屋，合力抬起，移往新址。菲人稱此種活動為Bayanihan，表示友愛互助的精神。

舊居

其實，你從未離開過
而我，心中也依然有你
那天，我特為前來
站在你身邊，對著你
默然地注視良久
良久……

幾次想要推門進入
你的胸懷，穿越大廳
直奔樓上
我的房間。但你已不再是我的
家。不再屬於我
就像我也不再屬於你

但我並未捨棄你

你也從未背叛我
唯一異動的是——時光的河水，在我們腳下
無情地流逝，周遭的景色
人物，事件便隨著
變遷，悄然地遠去
遠去……

比鄰

不是舟車流動般液體的偶然
相逢
（前世修煉了幾度春秋？）
窗對著窗　是情人互望底眼
門靠著門　是愛人相依底肩
屋簷　是比翼鳥底翅
屋基　是連理枝底根
而劃分兩家庭院的
牆——寬闊的胸膛

又是隔院九重葛依戀的對象
千手千足地纏綿著
這邊　子孫滿堂垂掛樹梢的芒果樹
卻執意伸向鄰家　炫耀父系
或母系的宗枝……如是

情緣的或是血緣的
加上比鄰的
地理優勢
便使這兩家庭園更形難捨難分了

花店

山坡上
不知名的野花
送你
顯得太寒傖

公園裡
到處樹著
明顯的標誌
不可攀折花木

十八層的公寓
只有一盆
不開花的日本竹
和萬綠叢中沒有一點
紅

的鐵線蓮

於是，我不得不走向街角
那片美麗的
花店——
「三朵紅玫瑰，長梗
裝盒
用緞帶包紮。」再附上一張
燙金的卡片，上面印著
我的愛
與
祝福

超級市場

一個屋頂之下就能容納了——
你的需求和慾望。由生到死
像廣告上宣傳的那樣

只要你不是超人，不堅持
超越物外的理論，不迷戀
超脫形上的夢想
只要你像主婦們那樣
把博士文憑束之高閣，滿頭髮捲
一雙涼鞋，超然地走進
超級市場

對著沙丁魚罐頭的標價想起潮水的上漲
曾淹沒了多少城池，沖斷了多少橋樑
在番茄醬的瓶蓋上回憶

故鄉菜園的芬芳
城隍廟前趕集的熱鬧，有一年
坐著牛車，顛簸了五里路
去買一件花衣裳

冰凍櫃前站著一個小男孩
他正面對三十二種不同滋味的冰淇淋
做著人生最艱難的抉擇
出口的收銀機旁，一位白髮皤皤的老者
正聚精會神地查看
他的需求和慾望
應該付出的總帳

五金行

擲地有聲
個個有個響叮噹的名字
家世顯赫
脈絡遍及各方靈秀山川
水火來去
皆係硬裡子的陽剛好漢
臥虎藏龍
當今八路英雄薈萃一堂
賣身托缽
只待因緣巧合挺身而出

化零為整
小螺絲釘擎起一座大廈

機場

豈可將我比做放風箏的孩子
我的線長得能圍繞著地球打轉
我的鳥高得在四萬尺天空盤旋
飛越五大洋
飄過七大洲
一展翅
即是萬里鵬程
來自八方
去到遙遠
一翱翔
即是九霄雲外

豈可將我比做放風箏的孩子
望眼看盡多少人生聚散
胸臆容納幾許世間往返

可以匯成一條河啊
那些離人的淚
可以震撼一座山啊
那些歸人的笑

豈可將我比做放風箏的孩子
騰雲駕霧的航行者
正等著我送出塔台的訊號
追星逐月的飛行員
正尋找我閃耀跑道的燈光
嚮往青空的人們
正走向我索取高飛的翅膀

新生地[10]的遐想

站在把海填平後的
新生地上
會不會仍然感到
海的波動？
那些海水被推入
海洋後
水平線
會不會升高幾分？
那些曾經來來往往的
游魚
會不會迷失了路
找不到牠們的家？
海龍王
會不會突然發怒
控告人類侵佔了他的領海？

[10] 新生地座落在馬尼拉風光綺麗的羅哈士大道旁，於1973年開始填海工程。現已建有許多新穎的建物，包括文化中心、廣場旅社、民藝劇場、國際會議中心等。

月光靜靜地照著
椰樹輕輕地搖著
於是我們開始大談了……
愚公移山的故事啦……
呼風喚雨的神話啦……
轉日為夜的奇蹟啦……
還有好多好多
扭轉乾坤的不可思議……

王城

十七世紀地中海岸的光輝已遠
二十世紀南太平洋的繁華尚未在此成形
　斷垣殘壁內的馬尼拉王城
是帶有西班牙皇家血統的
　　　　　　　沒落王孫

在時光的隧道裡靜止著
看嶄新的現代化都市在四周喧囂的升起
聽古老的巴石河在身邊低訴昔日的滄桑

永恆猶未在此駐足
雖遠涉重洋的僧侶帶來了
救世主
戰爭離去後
伊莎貝拉碉堡裡的軍火庫
　不藏一顆子彈

聖地牙哥區地下的祕密甬道
只有撲朔迷離的羅曼蒂克故事在流傳

然信心仍執著於王城的一磚一瓦
一如聖奧古斯丁教堂塔尖上
莊嚴的十字架
而在城垛隙縫中
你會偶然發現
　　一株小小的藤蔓
欣然地生長著
縱植根三百年前……

王彬街

王彬街在中國城
我每次想中國
就去王彬街

去王彬街買一帖祖傳
標本兼治的中藥
醫治我根深柢固的懷鄉病
去王彬街購一盒廣告
清心降火的檸檬露
消除我國仇家恨的憤怒

去王彬街吃一頓中國菜
一雙筷子比一枝筆桿兒
更能挑起悠久的歷史
去王彬街喝盅烏龍茶

一杯清茶較幾滴藍墨水
更能沖出長遠的文化

去王彬街讀雜亂的中國字招牌
去王彬街看陌生的中國人臉孔
去王彬街聽靡靡的中國流行歌
去王彬街踏骯髒的中國式街道

我每次想中國
就去王彬街
王彬街在中國城

中國城不在中國
中國城不是中國

華僑義山

在海外　再沒有比這塊土地更能接近中國
在異域　再沒有比這座墓園更能象徵天堂
在這裡　華裔子孫得以保留他們血緣的根
在今日　炎黃世冑得以維繫他們親族的情

這是一座城
一座比諸葛亮的空城
更空的城
這是一座山
一座比喜馬拉雅山
還冷的山
城裡住著常年流落異地的遊魄
山上住著終老不得歸鄉的幽靈
他們曾經過著白手起家　胼手胝足的日子
他們曾經嘗遍飄洋過海　歷盡風浪的辛酸

他們曾經忍受千辛萬苦　創業維艱的磨難
現在總算有了一座
自己的城
如今終於造就一座
自己的山

清明時節
烈日炎炎
在他們的城裡
錫箔冥紙飛揚著
萬聖期間
哀思綿綿
在他們的山上
香燭煙火燃燒著
華裔子孫的汗如淚下……
炎黃世胄的淚如汗下……

椰子宮

絡繹遊客中
也許有人選擇
純美
建築藝術的觀點　蠱惑於
Coconut內圍　緊附於
　圓的
六角形——那些門的　窗的
天花板的　地板的
泳池的設計形態
甚至聯想到玄學　升入
人底靈魂的
數字　或是堪輿對稱
和諧的圖案　但一場
巨大的風暴
　　確曾在小小的

果殼中醞釀　遊客們
沿著根鬚　魚貫
而入　尋覓一代豪華
春去也的緣由　自枝幹
延伸的方向　節節
推理　自葉脈
舒卷的層次　徐徐
忖度　自一間　一間
珠玉　彩石　珊瑚　貝殼
富麗耀眼的居室感喟
馬尼拉濱海
　　新生地上的
一部羅馬興亡史

站在動用二萬四千隻
椰子殼
鑲嵌的餐桌前
我內心渴望的

只是一杯
清涼甘美的椰子汁

太平洋之星[11]

「太平洋之星」摩天大廈裡　有許多半圓
的弧形窗——眾月
拱星的姿態　便呈現出後設式交錯
變位的藝術風貌
（耀眼的光芒進入肉眼時
那星　實已不復存在）
大廳牆壁懸掛的巨幅解構
拼貼畫　似乎也印證著
如此時空倒置的趣味　因此
我若將華麗的水晶吊燈
比成璀璨的銀河　一分鐘自地下停車場
直上二十八層頂樓的快速電梯
比成升空火箭　枝椏參差的室內盆景
比成Nauru[12]島國　海底的珊瑚叢
也不致荒謬　況且

[11] 太平洋之星（Pacific Star），乃馬尼拉市新建的一座高樓，氣象宏偉，極具現代化風格。

[12] 太平洋之星大樓係Nauru島國在菲律賓的投資建築。

那星
那太平洋之星又何嘗
真的消隱了呢
它不僅照耀於
一個城市的中心
還閃爍在一個
摘星人的心中啊

馬尼拉大旅社

大廳Capiz[13]吊燈映照出南太平洋
宏偉壯麗的光影　你是否感知那
此起彼落的波濤洶湧
亦浮亦沉的風雲動盪　啊！那些
皇室貴冑　國家元首　政經顯要以及
難以計數的旅人、遊子匆匆地來
匆匆地去……

麥克阿瑟統帥以此為家的套房
依然保留「老兵不死」原先的模式——
他的軍帽、軍服、勳章、畫像
他與妻兒合攝的照片、他的床、椅
大書桌……他是否坐在這裡思考軍情
運策戰略　那封感人的
「為子祈禱書」是否在這裡書就

---

13 Capiz是菲律賓產的一種海貝，磨製加工後，散發特殊光澤。

總是紅毯鋪地、鮮花綴飾、香霧噴灑
迎接伊美黛夫人的臨駕……
西班牙國王及皇后官式訪問
最受歡迎的是他們帶來了三百年
難捨難分的往日情懷……
英國「披頭四」表演過……
美國「地火風」搖滾過……
修憲大會召開過、叛軍佔領過……
亞盟、歐聯大會舉行過……
以及難以計數的歡宴、酒席、慶典……

牆頭巨幅Amorsolo[14]的畫作展現出
呂宋島國獨特的怡人風韻
你是否領悟那
維繫百年的蠱惑
持續世紀的繾綣
看！門啟處

---

[14] Amorsolo，指阿摩素羅（Fernando Amorsolo, 1892-1972），被稱為菲律賓繪畫史上最重要的藝術家之一。經常被稱為「菲律賓藝術的老人」。這位受過西班牙訓練的現實主義者開發了一種背光技術，他對當地人的彩色描繪反映了菲律賓太陽的光芒。阿摩素羅是一位多產的藝術家，從小就開始銷售水彩明信片，並一生都在創作藝術。他的作品出現在小說、學校教科書、商業設計和期刊中

又有賓客魚貫而入
身著蝴蝶裝的年輕女郎
輕盈地穿梭飛舞　向他們獻上香郁
潔白的茉莉花環，一圈……一圈……
又一圈……

牛貝虎螺[15]

一枚海貝　是　一個島嶼
我們在七千一百零七個島嶼間
進餐　豪華
吊燈　照出的霞光是日落
也是日出的景象
一圈圈　圓形的壁飾
是漣漪……是波濤
也是海浪……

一粒海螺　是一隻耳朵
諦聽著
七千一百零七個島嶼的
傳說
有些　澎湃似
　　海洋的呼喚

---

[15] Cowrie Grill是馬尼拉大旅社內的一家餐廳，設計新穎別致，以相同於菲律賓群島總數的七千一百零七隻貝螺裝飾而成。貝螺的名稱，一曰牛貝（Cowrie），一曰虎螺（Tiger Shell）。

有些　奔放如
　山林的狂嘯

粉紅的牛排
淡青的香檳
加上一碟綠油油的生菜
啊！調味醬竟也是
七千一百
零
七個旖旎的
島嶼[16]……

[16] 生菜調味醬即Thousand Island Salad Dressing。

半島咖啡座下午

接風　洗塵
聽雨
賞花之外……總能找到一些
其他名目　前來半島
咖啡座　消磨
一個長長的下午　看
三面環水
一面陸地的各種景象

應召女郎獨自坐在角落
雙眸
拋出懾人的釣魚線
誰是那上鉤的
願者？憔悴的流淚人
正瀕臨前無

去路　後有追兵的
半島局面　對著一杯
又一杯苦艾酒　等候
拯救的船隻
浮現

「無人
是一孤島」的句子
喚醒了許多寂寞的靈魂
排山
倒海之後　失落的
地平線上　出現的
竟是一個山依水偎
你儂我儂的
半島
圍著咖啡桌　進行一場
仁者
智者的辯論

（話題不比飲料分量輕
　內容不比點心熱量重）
至於結論當然是
亦山
亦水
半島式的
中庸

然而愛情
卻非半島唯一展現的
心態　當水製的
與泥塑的形體交互纏綿
內陸的高氣壓　與
外洋的季節風　偶然也會
造成咖啡杯中的翻船事件
茶與同情
血腥瑪琍或約翰
走路的風波　但我們早已望盡

千帆　也望斷天涯
路　在半島
咖啡座　我們只是前來消閒
一個長長的下午
享受兩棲動物安適
自在
雙重的歸屬感

西班牙俱樂部

純然只是一個點綴
在庭院中央，那用小紅磚砌成的
井，汲水的轆轤
猶懸在半空——並未留下
任何古老的傳說，唐．吉訶德
並
未在此停駐，為他的
瘦馬，打一桶水

大廳牆上掛著十七世紀
維拉斯凱[17]的《布列達獻城》，當然
只是一張仿效的複製品，原作存放
在馬德里國家博物館
國寶是不容輕易流放的
麥哲倫的遠洋船隻

17 維拉斯凱，一譯維拉斯奎茲（Diego Rodríguez de Silva y Velázquez，1599-1660），是文藝復興後期、巴洛克時代、西班牙黃金時代的一位畫家，對後來的畫家影響很大，對印象派的影響也很大。他通常只畫所見到的事物，所畫的人物，幾乎能走出畫面；他也畫過一些宗教畫，但其中的神像宛如人間，充滿緊張和痛苦的表情；他畫的馬和狗充滿活力。

只許攜帶橄欖油、葡萄和香料

手搖式鋼琴播出
全是活潑的西班牙曲子——
啊！美麗的巴隆納，有我
夢中的情人。你永遠
永遠年輕，在格拉那達……

化妝室門上Senorita[18]
簡單的字樣就能讓你聯想到
弗朗明哥豔麗的舞姿
聯想到競技場
勇猛的鬥牛賽

迴廊幽深，巴洛克式橢圓的
長窗，在盆栽與垂吊植物
綠的掩映間充滿了西歐情調
有歡宴的集會，廣場噴水池

---

[18] Senorita，西班牙語，小姐的意思。

便開始騰躍。侍者端上
冒著熱氣的Paella
冰凍的紅酒
是來自地中海岸的瓦倫西亞……

咕咕嚕咕咕
——墨西哥餐廳Aunt Mary's Aunt紀詩

在姑媽瑪莉的
姑媽
的餐廳裡——
紅頭綠尾的鸚鵡
會說墨西哥的
西班牙話

牠們一排一排地站在
窗玻璃上
比天主教堂鑲嵌的
彩色
拼圖
還要漂亮

咕咕嚕咕咕，牠們說：
大鬍子荷西
愛彈七弦琴
一音一調
皆是蜜意
柔情

咕咕嚕咕咕，牠們說：
有一顆赤誠的
心，藏在
厚斗篷裡
跳得人七上
八下

咕咕嚕咕咕，牠們說：
有一雙灼熱的
眼，躲在
大草帽下

望得人落魄
失魂

咕咕嚕咕咕，牠們說：
有一種紅豆Frejol
在東方
代表相思
在西方
我我卿卿

咕咕嚕咕咕，牠們說：
有一種醇酒Tequila
用仙人掌釀成
滋味像荒漠甘泉
喝了便蜃樓
浮現

咕咕嚕咕咕，在姑媽

瑪莉的姑媽的
餐廳裡
紅頭綠尾的鸚鵡
會說墨西哥的
西班牙語

歌蘿麗亞．瑪麗

不是一位婦人
歌蘿麗亞．瑪麗是一枚貝殼
的名字　因此如果你
聯想到潮　聯想到
浪　也是與春天
與柳樹無關的

其實這是一家豪華的海鮮餐廳
以富於賀爾蒙的蠔蟹知著
絡繹前來者　當然是為了飲食
至於男女　靠角落的那一桌
正望著窗外延伸的防波堤
輕聲談論月圓月缺
對水位起伏升降的影響

旋轉餐廳

俯瞰城市玩一局輪盤賭，抓一把
星星做籌碼，押在全黑的夜晚
當上弦，下弦的樂隊戛然停止
窗外月圓、月缺
骰子落在第幾度
盈虧的春秋？

如果是全紅的白晝
大小通吃的遊戲便如日落
日出般令人著迷，緩緩兩小時
三百六十度的大轉身
你是否尋到生命轉捩點
出現的或然率？

迪斯可

把所有的
音響
光線
形態
裝在一隻萬花筒裡
搖之
滾之
轉之
一直到你
聽而不聞
視而不見
感而不覺
於是你聚精會神地
欣賞音樂

分辨色彩
認識你我

行

而這原是女媧補天
剩下的一堆煉石
隨手拋在雲貴高原
失落的地平線上
形成一組鏗鏘的交響樂

三把吉他

帶你走馬
看花
馬是馬尼拉
花是三把吉他[19]
音樂原是共通的語言
如果你聽不懂菲律賓話

第一首是西班牙二重奏——
伊薩貝拉軍火庫慷慨激昂的軍旅進行曲
聖奧古斯丁大教堂肅穆古典的宗教旋律
第二首是中國小調——
淒淒哀哀的華僑義山
噪噪雜雜的王彬街道
第三首是美國熱門音樂——
在現代化的高低建築間

---

[19] 三把吉他，菲律賓他加祿語Sampaguita，茉莉之意。乃菲律賓國花。

敲打搖滾著

民俗歌謠則是椰子宮、聖地牙哥堡
黎剎公園、手抓飯餐廳……至於尾章
臨行前夕　羅哈示大道
防波堤上遠望落日
與海譜成的
大自然交響混合著
我導遊似的說白：對面的島嶼
是二次大戰
麥克亞瑟駐營的所在
啊！你突然擺出
立正的姿態　迎風留下
一句誓言：I Shall Return

阿狄．阿狄罕（Ati-Atihan）[20]

藍月旅社　阿爾巴古堡
廣場及濱海的紮營
地點　皆已客滿
在每年正月　正月的
第二個星期日　你來到
卡里卜　你便只好站著
睡眠　如夢令
詞牌映現的全是詭異
荒誕的意象——人狼、巫婆
　　妖魔、鬼怪以及臉
臂、腿塗染
抹黑　頭戴高昂
冠飾　身著豔麗
背心　掛手環　腳鐲
握著矛與盾的一位

[20] 阿狄．阿狄罕（Ati-Atihan），意思即「裝扮成一個土人」。乃菲律賓芭乃烏卡里卜城揉合歷史、宗教及文化的傳統節慶。一連串的活動包括化妝舞蹈流行、燃放煙火、鬥雞、選美、各式手工藝展覽、彌撒、子夜祈禱以及阿狄武士裝比賽。一套精心設計的阿狄武士裝有時須花費三百多小時的辛勞人工製作。材料則是取自天然產品如藤條纖維、椰子殼、椰子樹皮、竹、蓆、羽毛、豆草、珠貝、陶瓷碎片、魚鱗、蘆葦、草根、樹葉等等。

阿狄罕首領連跳
　　　　帶嚷地向你
奔來　跟在他身後的是同樣
裝束的一大群武士、鼓手、群眾……
　　咚咚的鼓聲
　　隆隆的踩踏聲
夾雜著「哈拉——比拉」的
祈禱聲　突然你
發覺你　也夾雜在這瘋狂的
蛇舞行列內　瘋狂
　　　　　　但並不
野蠻　聰明的西班牙
傳教士　已將
宗教的狂熱　融入
異教徒的狂歡「卡里卜——里卜」
的意思就是成千上萬
歸向基督　聽！
Viva el Senor Santo Nino

聖嬰萬歲的呼喊　野蠻
　　　　　　　　　但並不
兇殘　人性狂暴的基因
已被節慶的浪潮沖成
歡樂澎湃的
細胞激素　看！你也興奮地以顏彩
將自己塗成一個
大花臉——一如早年膚色較淺的
馬來族　以人工染色體
向黝黑的原鄉土著顯示
和平與友愛

動人的史詩包括十個婆羅洲酋長　為逃避
暴君馬伽帕奚的統治
渡越蘇魯海峽　來到
卡里卜　尋求避風港以及
拿督烏第如何以一項
手打的黃金冠冕　一條項鍊

一隻足環　外加一收成季
農作物換取芭乃島的
所有權　當你
逐漸清醒　自站立著的
睡眠——一手握著十字架
　　　　一手拿著啤酒罐
沖天的煙火正燃亮整個
南地平線　你知道
這是一個永遠不會
有戰事發生的地方　只要
只要有
阿狄・阿狄罕

吉普尼[21]

原是戰爭剩餘的物資
運過軍旅、載過炮火
參與過
殺戮的勾當
改頭換面後
連名字
都有著出家人的意味
悔悟之心
是毋庸置疑的
紅塵滾滾
日夜致力於——
普　渡　眾　生

[21] 吉普尼（Jeepny），菲律賓主要交通工具之一。原係二次世界大戰美軍駐菲時留下的剩餘物資。

牛車吉普賽

竹筐籐籃懸掛
成一篷車吉普賽
向城鎮繁華處行去
碧比．安娜，我流浪的
方向，妳莫要牽掛

挑一個適宜行旅的季節
不會有風吹雨打。自潘甲施南
到馬尼拉拉，北呂宋的
公路，無懼印第安人的弓
我不是西部拓荒的牛仔，碧比．安娜
妳也莫要學吉普賽女郎
成日望水晶球，染紅髮

浮誇的都市人已厭倦機械的冷漠

石的沉重以及
化學物品的虛假，他們渴望純真
樸素、輕盈如我們
親手編綴的一篷車
竹筐籐籃懸掛

用來盛花、用來盛果
用來盛滿滿
魚肉和五穀，啊！碧比．安娜
我們親手編綴的竹筐
籐籃，他們用來盛慰安
祝福和歡笑，他們用來盛
夢……碧比．安娜啊
碧比．安娜，我流浪的方向
妳莫要牽掛

波拉蓋[22]度假

慣於臨空的走索者
習於更為纖細的
海岸線否？那蜿蜒
悠長、充滿韻律的
波動，永遠不疾不徐
潔白的沙灘，輕柔而鬆軟
斜斜的坡度，多麼舒緩
無須懼怕墜落
無須憂慮偏失
捨棄你手中的支桿
拆除你腳下的網罟
這裡是水陸的邊緣
雙重的依附是天然的屏障
兩棲的傾向有原始的回歸

---

[22] 波拉蓋（Boracay），為菲律賓旅遊勝地。

初戀

——遊西康妲[23]莊園

猶早於革命種子
萌芽的是
瑪拉瑞雅
瑪庫樂特
兩座山巒之間
犁巴[24]城池一粒
小小的咖啡豆

香醇的氤氳之氣
曾令一位蓋世英雄
魂牽夢縈
稚嫩的心田
首次嘗到
朱比特利劍

---

[23] 西康妲（Segunda Katigbak），是菲律賓民族英雄黎剎的第一位戀人。黎剎在自傳中寫：「她雖非國色天香，卻比她們更為動人。」黎剎為之傾倒不已。惜西康妲名花有主，這段初戀只好劃下休止符。

[24] 犁巴（Lipa），19世紀出產咖啡之盛地。1886至1888年更是全球唯一的咖啡供應所在。因此當時極其富裕興旺。迄今該處仍留下許多巨宅、莊園、教堂，為一歷史古都。

溫柔的背叛
當烈士的鮮血
灌溉出自由
和尊嚴的花卉
初戀的芳香永遠
永遠是——
不被忘卻的
那一朵

馬尼拉・一九八四

高架電纜車，在年底
就會像子彈
那樣迅速地穿過市區的心臟
地帶。從起站
到終點——只需要
一首歌的時間
（你愛聽最新的龐克旋律還是
　古典的西班牙小夜曲？）

加油站的油箱醞釀著中東的
風暴，那是屬於
世界級的危機，在海峽的
另一邊，駝鈴的
另一邊。在這裡——一九八四的
馬尼拉，人們正湧進超級市場

排長龍搶購日用品。據說
又一次的菲幣貶值
已在九重葛底藤蔓間，悄悄傳遞

示威活動總是有的：像季節風
偶爾吹倒幾棵大樹，像三級
地震，搖撼著午睡的人們
殖民地的主題早已過時，現在
必須尋找其他的理由高呼
口號、列隊遊行
以及自高樓撒下
漫天飛揚的彩色碎紙——像狂歡節
像即將啟碇的超級遊輪
像婚禮後步出
教堂莊嚴的大門

遊客們依然絡繹
不絕地前來享受陽光

和熱情，有些
已經學會手抓飯的技巧
跳竹竿舞也不會
夾著大腳趾，幾杯啤酒
下肚，便開始爭論
吞食未出殼的鴨仔胎算不算
野蠻的行為？反正這裡是
南太平洋的呂宋島，麥哲倫
由地中海帶來的巴洛克風，已不受歡迎

碧瑤的松

之一

刺繡與花針的聯想過於女性化了
強海營也不是一個閨秀的名字
縱然處處開滿玫瑰、大理、芙蓉與雛菊
而且陸軍官校就在山坡下
晨霧中，我見到學生們集訓和操練
立正、行進、口號、敬禮
英姿挺發　如山林一株一株的
松

之二

沒有竹
沒有梅
只有松

在全是松
　　松
　松
松
的松林裡　我想起
遙遠北地
兩位忠貞
的友人

之三

松下閱讀
松針落在書頁上
穿引著我的視線
要來織一幅錦繡的畫面
啊！大自然原是擅於女紅的高手：
　綠綠的草地
青青的山

白白的雲朵
藍藍的天
馬兒的答在山徑奔馳
鳥兒啁啾在枝頭飛翔
還有一個小男孩
跑到我面前打個滾
一對情侶依偎
坐在濃蔭深處

米稻梯田
——詩記菲律賓北呂宋旅遊

豈只是一幅幅幾何圖案的
立
體
畫
獨特的排列乃第八奇蹟的
玉
雕
塑
童話巨人不忍踐踏神農的
米
稻
梯
田
為了谷底峰頂的穿梭遊戲

便練就了一身霧靄的輕功
彩虹俠女總是懸空出現在
新雨過後的天際
高眺的身影不敢履及
登臨山巔的台階——那是
禾檖王國御統領域的專屬

與華青學子共遊大雅台

迷你火山一直張口笑著
樓台遠眺的學子們
以歡悅的眼神
與它做會心的互動

高速公路馳車
專程前來拜候——
感受湖光山色的清純
　花草樹木的寧靜

且讌　且飲
且舞　且歌
且吟一首詩——
一陣微風吹出一個隱喻
一朵白雲浮現一枚象徵

馬尼拉
——我底城市

When Socrates was describing the ideal way of life and the ideal society Glaucon countered: "Socrates, I do not believe that there is such a city of God anywhere on earth." Socrates answered. "Whether such a city exists in heaven or ever will exist on earth, the wise man will live after the manner of that city."

四十歲生命時空的交會
或許能被容許
如此親暱且佔有性地稱呼
馬尼拉——你是我底城市
終於我能欣然接受及坦誠地與你
認同——包括那些貧窮、污染、犯罪
雜亂、腐敗……你是赤道邊緣
高溫燃燒著的煉獄
即使當我穿著昂貴的名牌服飾

坐在豪華的五星酒店抑或
行走於你陽光椰林的美麗海岸
我亦終能醒覺在眾多看似
迥異與隔閡的表象之外
我們內在相似的困惑與掙扎
在自以為神乎其技如孫行者

翻過七十二跟斗之後
忽然發現你的地理位置竟然是我
掌紋的延伸
必然而非偶然，運命的抉擇
或許你也終能以一座大城的胸襟
來包容我，在知悉
我內在諸般隱含的陰暗面——愚昧
自私、貪婪、狂妄、怯懦……
「沒有一座城市是邪惡的
邪惡的是人」
就在我這樣溫柔地

告訴你的同時，當然也深信
你早已肯定屬於人的
終極的至善與完美
我們不斷地在成長……

菲律賓有多少島嶼

島嶼乃各式體積不等的
石之陳列
一如諸般容量迥異的
詩之展示
在靈感汪洋中沉潛
或浮現
的自然現象　水升或水降
潮漲或潮落，其實
石　總是在那裡等待著
詩　永遠在那裡存在著

附記：去年環球小姐選美在菲律賓舉行，智力驗測時，菲律賓代表抽到的問題：「菲律賓有多少島嶼？」此妞並未刻板地按地理教科書上的數字死背回答，卻以「高潮或低潮？」風趣地反問過去，贏得全場一片掌聲。菲律賓乃「千島之國」，菲華文藝界有「千島詩社」，選美會上的一個輕鬆問

答，有時，也能激起一些有關詩的聯想呢！願以此詩與「千島詩社」諸詩友共勉之

王城

十七世紀地中海岸的光輝已遠
二十世紀南太平洋的繁華尚未在此成形
　　斷垣殘壁內的馬尼拉王城
是帶有西班牙皇家血統的
　　　　　　　　沒落王孫

在時光的隧道裡靜止著
看嶄新的現代化都市在四周喧囂地升起
聽古老的巴石河在身邊低訴昔日的滄桑

永恆猶未在此駐足
雖遠涉重洋的僧侶帶來了
救世主
戰爭離去後
伊莎貝拉碉堡裡的軍火庫
　　　不藏一顆子彈

聖地牙哥區地下的祕密甬道
只有撲朔迷離的羅曼蒂克故事在流傳

然信心仍執著於王城的一磚一瓦
一如聖奧古斯丁教堂塔尖上
莊嚴的十字架
而在城垛隙縫中
你會偶然發現
　　　一株小小的藤蔓
欣然地生長著
縱植根三百年前……

匯合

——參加紐約泰北女中55屆同學會

水流潺潺豈僅微風吹縐
一池春水的顏面
諸多季節的光影中
支流已遍及無數
彩色繽紛的大地

青青子衿凝斂成顆顆
祖母綠——
晶瑩明澈的傳家寶
溫潤圓熟的秋之果
依然不休止地奔向生命
遼闊的海洋
當波濤浪花再次奏起

匯合的樂章　你仍能聽聞
純稚的笑語及朗朗的書聲

故鄉的葉[25]

也許能帶你回到故鄉的原居地
自一片葉底脈絡
與紋路——屬於根底嚮往或是
果底花底訊息。也許
能像一葉
扁舟，載你歸去……

但我已然成為一棵樹
朦朧的記憶裡，懷抱著一個
令人神往令人癡迷的
大城的傳奇。每當夢中踽踽獨行
於無垠的沙漠，渴望見到的……
不是山，不是水
不是綠洲
而是洋場十里

[25] 友人赴神州大陸探親，經滬市，因知我籍貫上海，冒雨自公園摘下一片梧桐葉，攜返相贈。

煙雲九霄的
海市
蜃樓

交通擁塞

堵塞的車隊形成一條喘息的世紀末
恐
龍

龜甲殼中
沉默的大多數知悉
爬
蟲
類
進展的速度原是
緩慢且悠長的

沿著車輪齒痕
測定
龐大骨骼

成長的頻率
瀝青的墨跡
顯示出整個軀體
蠕動的心電圖

當紅燈綠燈黃燈同時
亮起　十字路口
一位交通警察
正隨著此起
彼落的喇叭聲
操練不疾不徐的
太極拳

初抵愛荷華

就這樣　你清新脫俗地進入
我的詩中　愛荷華
一九九一年　勞動節第三天
以一座大學城的活潑朝氣
以一條河流的柔情蜜意
以寬廣無際的玉米田
以濃郁繁茂的　綠

調色盤中備妥的皆是
秋底顏彩——胭脂、石榴
瑪瑙、珊瑚、朝暾、晚霞
你必須再等待
十數個晨昏
大自然的畫筆即渲染出
一幅幅沉醉豔麗的　紅

足球賽正激起整個城市的狂熱
——鷹隼之眼瞄向夏威夷彩虹
藝術館有莫札特
兩百週年紀念的演講與演奏
在草原之燈書店
來自多明尼加的Julia Alvarez朗誦
賈西亞女孩如何失去她們的鄉音

但我沒有這樣的憂慮
每當讀到ＩＯＷＡ四個英文字母
內心浮現的總是——一朵花的名字
一個聖潔清純的
蓮香世界
一片純東方的禪意

附記：愛荷華城（Iowa City）位於愛荷華河畔。九月秋初，猶存綠意，中旬之後，即現「楓葉荻花秋瑟瑟」的景色，城中愛荷華大學美式足球（橄欖球）勁旅別號「鷹眼」，一九九一球賽揭幕，首仗與別號「彩虹」的夏威夷大學對壘，以三十八比十分大勝。草原之光書店熱心文運，闢室供作家群經常朗讀作品。

照拂

——贈啟祥、韞瑜夫婦

勞動節過後兩天
你們才真正嘗到勞動的滋味
一日兩次驅車往返
柏杉瀑　為我苦候三小時
遲延的班機　為我提攜
三十公斤的大皮箱

這裡是漢欽表演會堂
那邊是聯合紀念活動中心
河對岸是藝術博物館
再過去是英語哲學大樓
圓屋頂的建築是以前的州政府
紅磚古堡現在是法院
都貝街、克靈頓街、麥迪笙街

華盛頓街……抵達第一天
你們就帶我繞城一周

而我獨獨選擇你們家前院
在魁梧的橡樹與窈窕的蘋果樹
之間　攝影留念
愛荷華九月的陽光使鏡頭格外柔美
中西部初秋的金風令身心特別爽朗
（這便是友誼的照與拂）

你們為我展現：一幅懷素的狂草
一字不識的我頗感赧顏
你們說：藝術欣賞原不應著像
看筆觸　觀用墨　體會流水
行雲的動感……

你們為我細述：一尊峇里島
鱷魚樹象牙白木雕　如何依著

年輪迴旋的紋路
塑出一個少女和一隻
小鹿的傳奇

壁爐架上擺設著許多化石
魚的樹的花的……那便是啟祥的
一首詩的靈感——
「凝住亙古　卻有絲絲
　生的痕跡」

牆上掛著啟祥求學時的抽象畫
我被畫中和諧的氣氛感動
但卻不同意「生之疲困」的
標題　也許
也許那便是少年
不識愁的明證吧

在生化研究與醫學工作之間

在文學、音樂、繪畫諸般
藝術的境界裡　在愛荷華河畔
大自然渲染出的是一幅多彩
充實且安詳的
「生之歡愉」啊

五月花

是一個酒家的招牌
但卻不在牧童遙指的
杏花村落　許多其他的花朵
也綻放著——野菊、日日春
夜來香……鶯鶯燕燕招徠著
成群的蜂蝶　在台灣
北投的山上

到了呂宋島的馬尼拉
就成了一家海鮮餐廳的
名字——龍蝦、螃蟹、石斑
蚌蛤……絡繹的人群
站在大玻璃魚缸前
欣賞的不是海底的珊瑚叢林
也不是陸地的繽紛花季

更早的一朵開在一六二〇年
自一艘英國旗艦移植
到美國普力毛斯岩
芬芳的氣息裡便散發著
清教徒的純樸　與拓荒者的精神

最令我心醉的五月花
卻開在九月　一九九一年
當我來到愛荷華
八層花瓣舒展成一幢
美麗的校舍　讀到莎翁的
句子——「不叫玫瑰的玫瑰
一樣芳香」　想著同樣名字的
花朵　在不同的時間
和空間裡如何綻放出
全然迥異的形象

松鼠——新英倫紀詩

且將豐盛的冬糧儲進大樹的洞穴
那裡有愛麗絲跌入的夢境
一個天真小女孩的童話故事
而我早已醒來且
隨著歲月日趨成熟
在彩葉鋪成的柔軟大地
我輕巧愉悅的形態
常令過路的人們駐足
甚至公園長椅上坐著的那位
飽學之士也停止了他手中
密密麻麻滿載世界大事
（波士頓環球）的閱讀

新奧良紀詩

賣身契早經撕毀
聯邦政府檔案裡
儲存著的是一紙
神祕奧良女郎的
肖像　有人說：

其實是法國攝政王的
後裔　至少
異教徒的罪名已滌清
封聖的頒布令則是二十世紀
二十年代的事了　那時
黑奴販賣市場亦經關閉
另一種性質的越洋交易更撲朔
迷離　藏嬌三年的韻事
不只涉及奧良女郎

被風流拿破崙
拋售的後宮三千也包括了整個
路易西安娜的南方佳麗

遊客們捧著旅行指南尋覓
歷史傳言的考證：
皇家馬路骨董店一對
路易十四的銀雕燭台
有不容置疑的蛛絲
傑克遜廣場一尊
英雄的銅塑坐騎
卻並非當年真實的馬跡
時間的正確性是不容忽視的

藍調爵士演奏出
現代的憂鬱
白色木蘭花細訴著
身世的滄桑

但奧良女郎卻愈來愈成熟
風情萬種
且充滿典雅的文化氣質

後記：一九九一年九月應邀參加美國愛荷華大學國際寫作班。其間曾抽暇赴南部路易西安娜州，新奧良市，拜見我在中學時代的高一萍老師。路州充滿歷史傳說及種族特色，曾受到西班牙及法國多年統轄。一八〇一年拿破崙再度自西人手中奪回路州所有權，但直到一八〇三年，路州被出售，歸入美國版圖的前二十天，當地人對此項易主之事，竟全無知曉。

冰柱流蘇
——新英倫紀詩

參差的冰柱自屋簷垂下
形成一排大自然晶瑩的流蘇
較絲織底窗帷更為光潤呢
那琉璃的閃耀又有蕾絲的花綃

水簾的仙境原係清泉的飄逸
但動感已被冬之藝術家停格
非鐘乳石般時間之凝駐
而是軟雕塑空間的凍結

大峽谷

隱藏於冰山下的潛意識展現於陸地
當視野馳聘　能否喚醒你遙遠
遙遠的記憶　如此開放式地
裸裎　將夢底虛幻與神祕
坦然地顯示於你眼前：
以一列支離縱橫的豪邁
以一影冷峻傲然的俠骨

無須等待解凍紀元的降臨
無須忍受黑暗期限的禁閉
即可進入繁華繽紛的內心世界
一如水底波動　山底起伏形成
更為綿亙奇趣的迷宮

縱然那是早於耕植的年代　阡陌與田隴

已在星座間暗暗策畫　你能否尋到
那第一顆種子　大地
移轉　動脈與靜脈
已流淌成河川的姿態
舒伸四肢　鬆弛筋絡
你自靈魂的倦怠中緩緩甦醒

沿著仙人掌的紋路攀緣跋涉
芒刺的指標劃出血的地圖
自砂礫粗糙的肌理撫觸光滑的凝脂
自塵土冷漠的元素摩挲焚燒的熱情
且於羊齒植物凹凸的牙床
任慾的奔放　氤氳成
元始的鴻濛　在陰陽交界的微光區

自斷岩　層層堆疊如山的檔案
抽取一份塵封已久的資料
風化的史跡或能為你吹來一些

早經遺忘卻又熟悉的回憶
自殘壁　浮現又迅即消隱的無數
側影與肖像——命運巨斧劈砍
雕琢的眾生相：
一些獨立的風姿　你依然記得
一些巍峨的典型　你曾經仰慕
一些鮮明的性格　你仍舊叫得出名字
在時間之外

自嶙峋的崿壁
　崎嶇的山阿　向內　向下
　　深入更深入　蜿蜒
再蜿蜒　向千仞深淵　萬丈底端
　那散發著金屬礦苗的陽剛
　又蘊含著大地母性的陰柔
向子宮：那安適溫暖孕育生命的土壤
你底抉擇　並非偶然的失足
　　而是絕然的投身

火的熔岩　石的狂流已然冷卻凝固
在相引相吸的磁場
在互排互斥的兩極
因子與因子即不再
為巨山崩潰的盟誓慌亂

當正負數　被指定為取捨的先決條件
　同異性　被規劃成納拒的後設標準
真正悲劇的顏彩竟源於一原生細胞
瑰麗的染色體——虹霓的方程式搭築於
山谷與山谷之間　留待你
探索那出口
演繹那答案

當神話的序幕冉冉升起
你即全然清醒地進入睡眠
在季節的顏面映現之前　先見到那微笑

在歲月的形體誕生之前　先聽聞那語言
設若連鎖的環結再次失落
亂石巉巖
危崖交錯
你依然能找到一枚臼齒
　一條脊椎
一顆頭顱

大冰川
——二〇一一年「阿拉斯加・曼登浩」旅遊紀詩

而妳終將醒來　必須
醒來——
妳充滿能量、活力、歡欣
妳要和一切交流、融滙、相連
那神話與傳統的——
　盤古闢地開天
　女媧煉石補缺
那夏娃亞當的伊甸園——
園中的蘋果、蛇、花、草、樹
那諾亞方舟的卵生、胎生、濕生、化生……
那「思無邪」的詩——
詩的生活百態
　浮世千樣……
妳要展示那「上善」的智慧——水的

元極本質：液體、氣體、固體無窮的
變易　妳要感受、經驗
豐盈、莊嚴的世界　而且
妳知悉——妳的存在
妳絕然的存在
妳永遠的存在
——夢或是醒
凍河期夢底邊緣
　將醒未醒——
　　靜止而流動
　　剛毅且柔和
　　似真卻又幻：
太古洪荒時虛無的恍惚依然瀰漫
四千萬年前空茫的混沌記憶猶新
那是——人類集體意識的儲藏庫
　　宇宙萬物基因的大熔爐
九大行星的排行榜仍在爭論
五洋七洲的版圖尚在規劃

南北回歸、赤道、經緯的架構在搭築
艱深奧妙的創世方程式在演算——原子
質子、電子、中子、光子……熙攘、追逐
奔騰、波動尋覓秩序
和諧、完美的
真實

勿忘我
——阿拉斯加旅遊紀詩

依然保有草根篷門謙和溫婉的低調
　　　　　　　　　縱然成為州際
官方特派發言者：在山坡、在峽谷
　　在路旁、在河邊
在鬧市荒野、大街小巷
以微笑
以舞姿顯現——勿忘我[26]
　　　　　　Forget-me-not
勿忘阿拉斯加：
高峰的千年積雪、萬年冰川
　　飛瀑湖泊、寒帶林木
勿忘雄鷹振翅、灰鯨躍尾
　　鹿、狼、熊及愛斯基摩犬
勿忘啊，Forget-me-not勿忘

---

26 勿忘我（Forget-me-not），一種藍紫色小花，為美國阿拉斯加州花。學名Myosotis，是紫草科的一個屬，均為一年或多年生草本植物。其根系非常廣闊，有一百多個種。

神祕飄忽的北極光
勿忘崎嶇蜿蜒築路工人的血淚史
勿忘溪流砂礫卵石夾雜的淘金夢
Forget-me-not 勿忘
勿忘我

深圳印象

並不是一個
虛偽的城市
縱然　羅湖[27]氾濫
盡是仿製的冒牌貨

深南路既寬且廣
又長——毫無歪曲地
展現出一派正直
與坦率
五彩繽紛的花圃
看得出精心規劃的
美感與虔誠

一指禪的巨型廣告
在風中

[27] 羅湖，乃深圳龐大的中心，多世界名牌的仿製品。據聞政府已於今年年底開始整頓取締。

顯示e世代的定力
文化村的喇嘛寺
轉經筒配合著
喃喃的六字真言
長安古都千年歷史
羅馬帝國非成一日
由水田的小漁村
到水泥的大森林
十年百年樹樹樹人
只有二十年
樹立了一座城

並不是一個
虛偽的城市
縱然「世界之窗」[28]陳列的
只是袖珍的模型
「錦繡中華」[29]展覽的
只是實景的縮影

28 「世界之窗」，係深圳以世界各名勝古蹟仿製而成的模型遊覽區。
29 「錦繡中華」，乃深圳民俗文化村特設各少數民族的微縮景觀區。

汕頭紀詩

南海岸線是慈母的
手中線　迤邐蜿蜒
圍護著港埠的外線
北回歸線是愛神的
箭　不偏不倚
穿越城市的心坎
難怪遠渡
重洋的兒孫總是想回來
　要回來
　會回來

回來　開一條寬闊馬路
回來　造一座鋼鐵大橋
回來　辦一所最高學府
回來　建一家普濟學院

回來　吃道地的潮州米粉
嚐家鄉的潮州粽子
用杵臼搗出紮實且
香脆的牛肉丸當然
還有蛇肉羹
（鱷魚湯是喝不到
了，昌黎先生的一
紙祭文已將牠們逐
出境外。）
滿山遍地的羊蹄甲
踢不開鄉愁啊
大街小巷的扶桑花
也拂不去的綣戀

遊客們前來尋覓古蹟名勝——
帶你　去南澳沖浪
帶你　去澄海看鼎食古宅
帶你　去朝拜釋道寺院

在新區往舊城的
遊覽車上有人指著
窗外說：就在那裡
湖廣總督林則徐下令
把上噸的鴉片
傾倒在海裡

廈大印象

「囊螢」與「映雪」
讀書人底執著
原非始於一九二一
五幢校舍的興建

八十年後的廈大
已是大廈林立
林立的還有校園數不清的榕樹
樟樹、樺樹、棕櫚、椰子
玉蘭、三角梅、相思及合歡
樹人如樹木當然也包括
滿天下的春風桃李……

上弦場全國大學足球賽甫結束
克立樓東南亞華文文學研討會又揭幕

戴爾公司總裁二月曾在
最老的「建南大禮堂」演講網路文明
專家學者七月將於
最新的「亦玄樓」研討微納科技

芙蓉湖畔欣遇一位外語系女生
聽她談學業、生活和理想：
閒暇時最喜歡爬山
五老峰就環繞在校舍旁邊
向長者學習堅毅、智慧與豪邁
也常往陽光海岸金沙灘走走
看遼闊無際的汪洋
想許多我將會去到的地方

納米（Nano）[30]
——參觀廈門大學納米科技「亦玄館」有感而作

有　不會成為　無
存在的不會不存在
不論它多小
小得肉眼看不到
小得要用十億分之一米的
納米來計算
你頭上的一根髮
就包含了八萬個納米
產生父母子女血源
相親的基因決定
所有祖先性格的特徵
包括人類、動物和植物
全世界的基因可以裝進
　一個頂針箍

[30] 納米（Nano），一譯奈米，為微米的千分之一倍（符號nm，英式英文：nanometre、美式英文：nanometer，字首nano在希臘文中的原意是「侏儒」的意思），是一個長度單位，指一米的十億分之一（10^{-9}m）。

相機般運作的眼睛
它的視網膜是由
　三千萬支柱
　三百萬圓錐
連接到腦部
九層的視網膜加在一起
比一張紙還要薄

只是詩中的象徵意念？
　一沙一世界
　一花一宇宙
只是宗教的虛擬比喻？
　一片麵包餵養千百個眾生
　一根頭髮懸住一座須彌山

萬噸遊輪可以用
拳般馬達來推動

整部人類進化史能夠
收入直徑三公分的磁碟

無限小

與

無限大

同樣的存在
同樣的真實
同樣的玄妙

宋桂——武夷山紀詩

如此便增添了一份歷史感
將巍巍一個朝代的帝號加諸於你
其實是有幸和一代大師生長在同一紀元
年輪的運轉即不那麼被重視了。

在你依然青翠挺直的樹身前
我欣然地與你合影留念
想你如何安詳地朝夕接受庭訓
在充滿文化與睿智的朱熹紀念館

大紅袍
——武夷山紀詩

只有三棵
在茶樹王國
九龍環繞的
岩壁半山腰
一小塊土壤裡
靜靜地生長

皇權表徵的賜名
來自一位神仙道士
特別築造的磚泥矮牆
即是茗叢之最的城堡界石了
看管的人在涼亭閒適地坐著
便衣警衛在山徑悠遊地走著
四面八方前來的遊客抬頭仰望

用相機的鎂光燈捕捉
內心的欣羨與讚嘆

只有三棵
名駒靈犬般的稀世珍品
插枝、接芽無數的嘗試
依然不能——
像溫柔陶莉羊的複製
像甜蜜可口果的移植
像基因組合人的翻版
一頭接一頭
一串接一串
一個加一個地再現

每年五月的採茶季
荳蔻年華的採茶女
沿雲梯而上，用白嫩的
手指摘下

最最尖端的二葉一心

九龍蟠踞的山谷裡
還魂草自在地飄垂著
野百合含笑地綻放著
蜜蜂、蝴蝶、翠鳥歡愉地飛舞著
清泉涓涓終年不斷地流著
三棵大紅袍靜靜地生長著

致冰心
——參觀福州「冰心文學館」後寫

曾是妳《寄小讀者》的收信人
毛邊泛黃的線裝書
展開妳深深的母愛
與濃濃的鄉愁
優美的文字
如《繁星》點點
閃爍在我黯淡的童年
像《春水》潺潺
流動在我稚嫩的心田

妳的名字
設若是玉壺的水
醍醐灌頂，啟迪了萬千靈魂
如果是雪山之源

河流大川，灌溉了無數沃原
容許我以粗陋的十八行
作為一封遲遲的覆函
致上我的謝意
仰慕及思念

啊！桂林
——桂林紀詩

沿著嶺南派的步履
曾一次又一次地渲染過
你獨特的風景

順著七言體的韻律
亦反覆再反覆地吟詠過
你甲天下的山水

啊！桂林　此時此地
畫意
詩情
正真實的展現於我

啊！灕江
——桂林紀詩

啊！灕江
你是我靜脈中第幾條青河
　動脈裡第幾灣支流
　　同樣是水做的
我們上一次的匯合
　　是那一世
那一生的輪迴

　　忘川的洗滌
使我再一次獲得
與妳初晤的驚喜
一見傾心的撼動
之餘，又恍然記起
　某些似曾相識

靈魂深處的記憶：
亦曾一根竹篙划過
　一葦渡江的輕盈
亦曾一竿在握垂釣
　　姜太公的灑脫
亦曾在妳層巒疊翠
　　　永證嫵媚
亦曾在妳綠波青流
　　　明心見性

　　　　啊！灘江
我是妳潺潺流動中
　　那一瓢弱水
我是妳悠悠浩蕩裡
　　那一掬柔波
　同樣是水做的
我們的匯合並非局限

於那一世
那一生的輪迴

象鼻山
——桂林紀詩

多麼想　像馬戲團
身手靈活的表演者
與你一同翻
　　　　跟
　　斗
看你長鼻抬起
向天噴水
和呼嘯

但你卻像　希臘神話裡
愛上自己　倒影的
美少年　化作
　　一朵水仙
一動不動

沉浸漓江中
成為
一座山

鐘乳石

其實，我們的年歲是相彷彿的
學習，體驗
成長的過程　也頗為類似
不同的　也許只是
性格罷了——你內向
　　　　　我外向
你喜靜
我好動
然而　內與外
　　又有什麼區別呢
外在有的　內在一定也有
靜與動
又有什麼迴異呢
「鳳尾竹動　還是　心動」[31]
我見到的應該比你

[31] 禪門公案之一。禪宗六祖惠能到曹溪，隱在獵人隊中，吃肉邊菜達十五年。一日，動了弘法的念頭，遂離開獵人隊，到廣州法性寺，正值住持印宗法師講授《涅槃經》。依《六祖壇經》所載：「時有風吹旛動，一僧曰風動，一僧曰旛動，議論不已。惠能進曰，不是風動，不是旛動，仁者心動。一眾駭然。」

多得多了——像閃亮的
星空、飄浮的
雲朵
像紅花、綠葉還有走獸
飛鳥……「在這個世上
凡見得到的都是虛幻
　見不到的才是真實」[32]
那麼，如果我見到的
都是假象
你沒有見到（或者我以為
你沒有見到的）就都是
真實的了吧
其實，我們很早
很早就認識了——各式
各樣的我和你
不同時間—過去、現在
和將來的
我和你

[32] 出自愛因斯坦語。

「時間其實根本就不存在」[33]
那麼，你
　　和
　　我
這一次的相逢應該就是
就是所謂的——
永恆了吧。對不對

[33] 出自愛因斯坦語。

內在之旅
——遊雲南阿盧古洞、九鄉溶洞

必須回到造型
與姿態之前：鐘乳石的水滴
一滴……一滴……
滴了千年萬年億萬年
幽魂似地等待再等待
又等待才塑就
一個長寬高
三度肉身的軀體

必須回到
上帝說：「要光，便有光」
之前　在黑暗中摸索
探尋　一步一步穿越
食道　推開心扉

依著胃壁　經過曲折
蜿蜒的腸徑
大動脈的激流
一步……一步踩著
達爾文生物進化的腳印
前進

時間不是絕對的主題
空間亦非必然的存在
我的鎖匙鍊上繫著強力迷你的
手電筒、羅盤針還有
一大串鎖匙——一把
用來開啟神祕的
生之鎖　然而
大熊星座在那裡連同
黃道十二宮的走獸飛禽和蟲魚
牛郎織女在何方以及
紅塵人間世的神話傳說和故事

沒有季節的風聲　唯一的訊息
來自自己——
自己空泛而寂寥的回音
冰涼的水自地殼
醍醐般滲入
頭殼……倏忽
一道白色的光迎面而來
藍天　白雲　綠樹　紅花
像裂卵的雛
　破繭的蛹
我朝洞口狂奔
　而出

石林靜坐
——雲南旅遊紀詩

石林靜坐豈能與
達摩面壁相提並論
甚至朝香客的心情
也在嘈雜的遊人行列中
減少了一份肅穆

而這原是女媧補天
剩下的一堆煉石
隨手拋在雲貴高原
失落的地平線上
形成一組鏗鏘的交響樂

揮舞指揮棒的
竟是一位

叱吒風雲的龍將軍

入口岩壁

有他刀刻劍鏤的字跡

阿詩瑪
——雲南旅遊紀詩

妳和我心中永不逝去的
那個少女同樣年輕　阿詩瑪
憧憬中的愛情
一如玉龍雪山的堅定
溪流解凍的早春
清蔥翠綠森林裡
有妳甜美嘹亮的歌聲

妳和我心中永不消失的
那個少女同樣美麗　阿詩瑪
紅潤的臉綻放的山茶
烏黑的髮如雲如瀑如柳
五穀豐收的秋季
綴滿野花的草原上

有妳活潑曼妙的舞姿

阿！阿詩瑪
喜歡穿白色衣裙
戴銀質手環的阿詩瑪
妳生長的世外桃源原是充滿歡樂
妳居住的香格里拉應該沒有悲傷
設若妳終究轉變成
一塊冷冷的石
如果妳已然幻化為
許多血肉的阿詩瑪
在失落的地平線上
我見到的依舊是
　妳與阿黑
雙雙載歌載舞的儷影

遊天一閣
——詩致東明先生[34]

官拜兵部右侍郎
志趣卻在藏書
果真筆勝於劍
抑或書中自有粟、玉、屋
是閣前「天一生水」的高牆護池
是六間「地六藏之」的堅固樓房
是「白銀萬兩或藏書全部」[35]
明智的產業分配
是「煙酒切忌登樓」
「女性不可登樓」
「外姓不得登樓」的嚴厲家規
柒萬冊藏書得以完整保存傳留
最重要的該是對書

---

[34] 范欽（1506-1585），號東明，明進士，官至兵部右侍郎（略似今國防部長）。有書七萬冊，造「天一閣」藏之。為世界第二（首位在義大利）、亞洲第一藏書家。

[35] 范欽遺囑將家產分成兩份，一是白銀萬兩，一是藏書全部，二子各傳其一，以免藏書散失也。

虔敬誠摯的愛好吧
萬里迢迢前來拜訪
為的也是同一個理由

遊蘭亭

——致「書聖」羲之先生

曾經一筆一畫臨摹
也曾逐字逐句朗誦
而今來到會稽山陰
「蘭亭」漫遊——
一山一水　一樑一柱
一碑一石　一草一木

「鵝池」白鵝悠遊著
您書法的飄逸
「墨池」黑水映現出
您行草的研美

「太」「鵝」雙碑顯示
父子筆底獨特的風格

「御碑」一尊勒刻
祖孫心性相向的品味
「曲水流觴」處遙遠
四十二群賢列次而坐
千古風流　令人欣羨
詩我能成　酒亦可酣
然永和雅事　情隨境遷
何時再現？

同里奇遇
——遊江南紀詩之三

我行走在古老青石板鋪成的街道上
四周是粉牆黛白
明清建築的「老房子」
我坐著木船穿行於窈窕東西的河道
岸上的楊柳、木芙蓉隨風飄舞
夢般迷離地我走進光緒年間
任蘭生的「退思園」，繞著它
「雨天不濕腳，晴日又遮陽」環形
造設的「走馬樓」像童年
初見「走馬燈」那樣的驚嘆。在花木扶疏
樓台亭閣裡一面欣賞「貼水居」的園林
之美，一面退而思考「退而補過」或
「以退為進」那位資政大夫的人生策略
我當然也隨俗地走一走城鎮中心

太平、吉利和長慶三座玲瓏典雅
的石橋。我還想仿效元代四大家
之一的倪瓚獨行煙渚尋找
畫中的意境、詩句的靈感……突然
一位秀髮及腰、衣裙曳地的古裝女子
和我擦肩而過，她輕盈
快速地走進一條小弄
我追過去，想多看她幾眼
她已走到盡頭，向左
拐了個彎，我趕緊跟上
然而卻見不到她的蹤影
那裡沒有房屋，沒有道路
沒有行人，只有一些草叢
雜樹。斜過去有一條溪水
琤琮地流著，非常清澈。再過去
是山坡，坡上長滿了野花……
奇怪！她去到了哪裡
她是誰？

澳門大三巴

剩下的只有一片
正門的立面了——這座
十五世紀的大教堂
牌樓，碑石般
單薄而孤零地高矗著

活潑的六翼天使們如今
嬉戲在那一個空間
華麗的巴洛克裝飾隨著
棕櫚、月桂的風姿
進入了那一個時序
還有那幅Rubens[36]的《聖母與耶穌》
煙滅灰飛後幻化成了
多少迷離塵埃

---

[36] 魯本斯（Peter Paul Rubens, 1577-1640），法蘭德斯畫家，巴洛克畫派早期的代表人物。魯本斯的畫有濃厚的巴洛克風格，強調運動、顏色和感官。魯本斯以其反宗教改革的祭壇畫、肖像畫、風景畫以及有關神話及寓言的歷史畫聞名。

三度成為一度後
你是否依然感知那深度
像里爾克詩中
古老阿波羅的無頭軀體
靈視底眼依然炯炯
北京博物館內
石器時代的破腹陶壺
心底的泉依然汩汩

啊！澳門大三巴留存的
也只有一塊殘壁了——人們卻依然
聽到喃喃禱詞、悠悠琴韻
隨著海潮的節奏起伏
看見晶晶閃耀在
教堂尖塔上空的
南十字星

遊杭州飛來峰．靈隱寺有詩

果然一座山峰飛起
心中一塊巨石落下
而那不是曩昔鵝卵的羽毛筆
清溪悠游的錦鯉
正以鱗甲刻畫行草帶淚的魚書

縱然傳遞的方式僅限於水運
相思的意念則是靈犀的空航
猶似一座山峰飛起
你當感知我隱含的情愫

附記：飛來峰前有一條溪流，對岸過街上是靈隱寺。寫於二〇一二年八月。

新加坡印象

童話的結局總是令人愉悅的——後來
後來他們就永遠
快樂地生活著：這是
美女與野獸的故事——
　獅頭魚尾的塑像
雄偉地豎立在河口
胡姬的容顏
嬌柔地綻放於城市
每一個角落

而童話是百聽不厭的，每日
成千上萬的旅客前來
要求一次又一次
再一次重複
那些迷人的細節——

七次前來古老中國的辛巴達
甫一登陸即被蠱惑的英國紳士
魔幻的阿拉伯神燈及飛毯
熱帶采風的馬來織錦蠟染

還有呢？啊！當然是
有關美麗胡姬的傳說了——
那被冠以「舞蹈女郎」著鵝黃衣衫
的胡姬　那被稱做
「滴血的心」的在裙裾綴滿
紅色圓點的胡姬
以及那有著數不清顏彩的
胡姬啊！每一種色澤
　　是一個童話

而每一個童話的結局
總是令人愉悅的——後來
後來他們就永遠

快樂地生活著……

附記：今年五月底應邀赴新加坡參加第六居國際華文文藝營。新加坡有「東方瑞士」之稱。環境優美，政治安定，人民生活有規律，給人一種現代世外桃源的感覺。獅頭魚尾像乃新加坡的城標。胡姬係國花。

觀企鵝秀
——遊澳紀詩

紳仕的酷
是穿著燕尾服
在海灘
昂首踱步

香檳酒
是喝不完的
跳躍的泡沫
如飛濺的浪花

華麗的吊燈乃一盞
東方式大紅燈籠的夕照
將半邊天
映得金碧輝煌

講究禮儀的上流社會
不能像前擁後擠的遊客族
齊整的隊伍
比美閱兵操

吉隆坡印象

——參加二〇一三年世界華文作家第九屆年會紀詩

「兩條混濁的河交會之處」，
在博物館，我聽見導遊說。
這是馬來字Kuala Lumpur的意思。

時代潮流，
風雲變化，
獨立未及一甲子的馬來西亞，
卻似污泥中展現出的
一朵蓮花——
八十八層「雙子星」摩天建築，
是晶瑩光耀的座落地標。
國會大廈前，
九十八米旗杆頂端，
旗正飄飄。

金頂圓拱的王室宮殿
象徵著國富民強。
紅豔綻放的木芙蓉[37]，
顯示著雨順風調。

香格里拉大酒店原訂，
習近平、奧巴馬巨頭雙人敘，
縱然臨時取消；
富豪大旅社的世界華文年會，
卻如期舉行，
總理夫人Rosmah親臨致詞，
祝賀來自全球七大洲華夏民族的
詩人、作家、學者、教授。
文化與物質，
內涵與外表，
你終會發現
美麗伊斯蘭婦女黑袍

[37] 木芙蓉（學名：Hibiscus mutabilis），通常被稱做芙蓉，是一種原產於中國的植物。但詩中所指，應是大紅花（馬來語：Bunga Raya），是馬來西亞的國花，也就是紅色的朱槿（學名：Hibiscus rosa-sinensis），於1960年7月28日正式成為國花。

罩蓋下隱藏著，
令人蠱惑的神祕。

後印象派[38]後之印象[39]

異國語文音譯竟然將兩座
天壤之別的城池
譜入同一旋律
　　峇里
　　巴黎
如此的聲韻不會在高更
大溪地畫作中引起共鳴
卻在我旅遊筆觸裡
揮灑出一首愉悅的交響曲——
　　有抑揚頓挫的原始節拍
　　有起伏高低的文明頻率
水泥森林猶未在此植根
雨林、紅樹林、原始林依然茂盛
樸實但不簡陋的市井住屋——
　　紅亮齊整的琉璃瓦

[38] 後印象派（Post-Impressionism），乃19世紀末法國繪畫藝術演變出的派別名稱，以塞尚、高更、梵谷為主。
[39] 2010年9月赴印尼峇里參加亞華作協第十二屆大會，書此詩作。

粉刷潔淨的水泥牆
　石雕木刻的門窗
人文與自然和諧進展滋長
有巢氏會感到欣慰

赤道乃燧人鑽木引燃
最昂揚的一根弦——
　繁花、叢樹、禽鳥及野生動物
交織成生動活潑的
大合唱及協奏
神農氏也眷顧
這片豐盈的土地：稻米、菜蔬
鮮果還有咖啡豆……
儒、釋、道的大師們更怡然
子民們謙和虔敬地
將椰葉、棕櫚摺成盤碟
盛放米粒、果糖、花瓣供奉
神祇：在宗祠、家廟、

門前、店口、甬道、柱邊……

Shiva[40]的梵天之舞蠱惑曼妙——

　眼波流動、眼神顧盼

　肢體扭動、手指抖顫

啊！莫非是九歌原型對

日月山川

風雨雷電

的巫咒祭典

赤足行走在

熱帶金巴蘭海灘

看白浪翻滾、驚濤拍岸

我聽見印度洋彼端

冰寒南極傳來

幽渺空靈的迴音

---

[40] Shiva，婆羅門教「創造女神」濕婆。

看你的憂鬱是屬於地中海的藍
你的憤怒
黃河的黃
聽你的笑聲是來自爽朗的西方
你的沉思
深邃的
東方

人

懷女兒[41]

長春藤聯盟學府的
古典意識　當不會取笑
母親思念女兒的淚水
是一種不合潮流的
感傷情懷（而我
又是那麼喜歡強調
科技的進展　超
音速飛行：岷市
　　費城
時間其實
不過一晝夜
拿起電話，聲音
就在咫尺）
咫尺是天涯

---

[41] 女兒韻，今秋赴美國賓州大學Annenberg資訊學院修博士學位，千里迢迢，令人懸念，因寫此詩。

一晝夜　有多遠？
是洲　際
是越　洋
　　我輕易飄來
　　常常渡過
在夢中　自颱風日
送妳赴機場

有時會忘了　以為
妳仍在馬尼拉
要到隔壁的房間去
跟妳說話　猛然想起
才醒悟　妳在遙遠的
賓夕凡尼亞……
Annenberg 是最前衛的
資訊學校
但周遭古老的
長春藤定然知悉

母親對女兒
攀纏的牽掛……

冰上的旋律
——欣悉孫女李莎芮榮獲菲律賓二〇〇四年花式溜冰賽冠軍

寒帶景色
對妳是陌生的
赤道邊緣
沒有冰雪

人工締造的溜冰場
卻讓你體驗了
晶瑩璀璨的
冬之喜悅

魚的泳姿
鳥的飛翔
液體、固體、氣體諸多
變幻方程式的

必然與偶然

冰上舞踴一如
水上行走是——
一種神奇
一個童話
一首詩

鎖骨與鑰匙

——記童年一次空襲經驗

1. 大遷徙

大遷徙由黃埔江畔的上海開始
經過香港
越南　再進入中國的
滇　黔　轉赴揚子江頭的
重慶　成都　最後落腳在四川省
三台縣
那時我二歲

2. 開槍

戰爭的陰影籠著
縱然是所謂的大後方
抱著我　在院中乘涼的

奶媽和鄰居發生了
爭執　房裡的母親
突然聽見兇狠聲音
「如果你再開槍，我就……」母親衝出屋子，將我自奶媽
手中奪過　進到屋內才知道
　「開槍」是川語的「開腔」

3. 活埋

但並非所有的驚恐皆係
語言的謬誤
就像我親身的
經歷——活埋
警報響起時　父親
　　　　　　　　我
　　　　　　母親
三人屏息緊緊蹲靠在
　　後院土牆邊
炸彈擲下　土牆如一床被褥

覆蓋在我們身上
（使我們避過了空襲後
機槍與高射炮流彈的掃射）
敵機離去　首先翻身而起的
是母親　懷胎三月
卻毫絲未傷　她幫助父親
自頹牆瓦礫中站起來　環顧
四周　卻不見我的蹤跡　隱約聽到
絲絲啼哭　來自地底
深處
父母親拚命用雙手胡亂扒挖　突然看見
五個小手指　趕快繼續……
繼續……終於將我
挖了出來　母親首先把我滿嘴泥土
掏出　哇的一聲
我哭著說：「我不頑皮了」
我摔了一跤

4. 鎖骨

一枚燒夷彈依然在不遠處
冒煙　隨時有爆炸的可能
父親轉身看見一隻百公斤的
大水缸　一時不知哪裡來的
神力　雙手將它
舉起　對著那枚燒夷彈澆下
由於使勁過度　父親頸下
右側一條鎖骨　總是較常人
突出　滬語「國」
　　「骨」同音　於是大家
戲稱他為真正的「外國人」

5. 鑰匙

淒厲警報聲響起時
慌亂中的母親
沒有拿貴重首飾

沒有拿紀念物品
卻只抓了一串
鑰匙——開門的、開箱的
開櫃的，開抽屜的……而真正吻合
用來開啟的　卻是父親突兀的
鎖骨——生命的活力
與寶藏　在生死攸關的時刻
母親做了最明智的抉擇

混血兒

血，只有一個顏色
怎麼混
還是紅的
可是——

曾祖母最貼身的一塊中國古玉的
綠
卻在你的瞳孔內閃耀著。那是
你們的傳家之寶
在東方，是異常罕見的

在西方，沿著
你斜斜上翹的眼梢
人們總奇怪
何以把麥穗照得金黃的太陽

卻染不黃
你黑檀木似
的烏亮的髮叢？

而當你的父親，在一次遠行
把種子從北地帶到
南國
你的皮膚即從未懂得什麼叫做
雪的蒼白。無須躺在沙灘
曝曬，即呈現
一片自然的淺棕色的
健康美

如此繽紛的色彩似乎仍不能滿足
人們的好奇
他們還會爬上
你的鼻樑和脊骨去
尋根

覓源
看你的憂鬱是屬於地中海的藍
你的憤怒
黃河的黃
聽你的笑聲是來自爽朗的西方
你的沉思
深邃的
東方

外星人

比起你輪迴的前世，我居住的
星球，要近多了
繞過太空人登臨
造訪的月，我底家
就在水瓶
與雙魚交會的
北北西

我曾穿越時光隧道
在天狼星上，摘下一朵小花
送給你。我想教你
像雲，那樣浮起——伴我
遨遊天宇，飛往銀河
觀賞流星雨，然後悄悄回到
你人世的軀體。我想

告訴你：我們曾是
一對戀人，在七千
九百年前。有人依然記得
你底名字
在第七度空間

比起你轉世的
來生，我居住的星球
要真實多了。我依然在等候
你底出現。那時——我會
在門前青青的草坪上
迎接你，我們
一同早餐
一同擲飛盤
一同暢遊
另一個太陽系

細姨

飛燕啣泥築巢
側室底興建與整幢屋宇便形成了
極其曖昧的對比
建築師一眼即看出不協調的構架
堪輿家卻說：啊！那是
與風水有關的——
每當纏綿的春雨斜斜下著
園中的花草也斜斜地扭著腰
（總是有著那麼些不正經的調調兒）
傍晚時分，一顆小小的
黃昏星，自屋後
偷偷升起，一閃一閃
挑逗地眨著媚眼

妯娌

也便是蠱惑於那
舉手投足的姿態　隨著
　琴瑟的音韻
　鐘鼓的節拍
成為舞者的影
在每一個動作
每一個旋律裡
　亦步　亦趨
窈窕地舞過
　白紗的天鵝湖
　紅毯的紅菱豔
我們便成為姐妹花
啊！不（姐妹
　是水　早晚會被潑出
　而花　早晚會被摘下）

我們卻屬於兄弟　是
　永不離根的宗枝
一脈相傳的河床

移民

自從連根拔起之後
一切熟悉的
都遠了！

其實
天還是一樣地藍
雲還是一樣地飄
地球還是一樣地轉動
幾度月缺月圓
還是一樣地
枝繁葉茂
幾番風風雨雨
還是一樣地
開花結果

可是有時總會這樣想：
如果能像燕子——
飛揚起整個種族的浩蕩
遷徙著全部候鳥的嚮往
不是飄零
亦非流浪
秋天離去
春天又回到家鄉
重返故居
舊巢仍在樑上……

人潮

沙灘上　個人主義
　孤寂的
　　腳印
已被沖走……

潮起
我們是麥浪　一同起伏
　成長
邁向生命和死亡
我們是波濤　一同澎湃
登上高峰　落入深谷
我們是
人潮　一同穿越
紅綠燈　走過斑馬線
一同上下班　晨霧中一同

在馬拉松起跑線上等候
出發　我們一同湧向
露天廣場　聽民歌演唱
一同奔往城隍廟
看迎神賽會　我們像熱帶
魚群　順流而下
我們像金黃的野菊
開遍半座山　我們一同行進
一同呼喊　一同推翻一個
腐朽的朝代
我們一同掀開
一頁新的歷史

潮落

風
平
浪靜
海

闊

天空

一滴水知道
一滴水的存在
我知道
我的存在

外交官

總是輕盈的
那姿態　在雞尾
　　　與燕尾
之間——

以雞尾
橫掃天下——千軍萬馬的
音響　止於一聲晨啼
而昨夜　槍林彈雨亦在
杯觥交錯中趨於沉寂
至於宿醉不外乎：
某一片塵埃的尚未落定
某一堆泡沫的猶待浮起

以燕尾

劃破長空——
南來北往穿梭於
諸般顏彩的季節
時序嬗遞的頻率怎抵得
國度風雲的變幻：
　一些氣壓正默默地凝聚
　一些煙霧已悄悄地擴散

木匠

斧斤之姿能否揮舞出
伐柯的節奏
敲敲打打……
卻依然不能形成
　一首歌

循著木質純樸的
紋路　也許能索回
　蟬聲與鳥鳴
合奏的仲夏日——癡迷的
執刀人　正在一棵
參天古木，鏤刻
愛底紋身
　（心形符號裡是小兒女的
鑄情和盟誓　希冀地老

天荒的永恆——沿著
　歲月迴旋底年輪）

那時，你便會相信有關
花底、葉底
傳奇，果底
　神話
以及樹底輪迴
轉世和再生——自書桌
的面、椅子的腳

華僑子弟

傳到第四代　子孫們
就開始像螃蟹那樣橫著走
在紙上
他們嘴裡咬著熱狗
看見龍就說
那是東方的玩意兒
屬於遙遠的中國

中國是遙遠的　就像
照相簿上那張發黃的　土氣的
曾祖父的照片
他不懂搖滾樂
　不懂機器人
　不懂電動玩具
他只知道把血汗換成

披索
把愛的種子埋在地下
等他的子孫們
坐享其成
子孫　有些不再繼承
祖先的姓氏　他們的名字
也多出了許多繞口的
音階　有些甚至忘卻自己
頭髮的顏色　只要記住
跑車的年分和牌子就夠了
只要記住迪斯可的新舞步
一首熱門歌曲的旋律
就能灌溉
移植的番石榴的
憂鬱

偶爾他們也去中國城
走走　去聽那些奇怪的中國人

說奇怪的中國話
去買一本《老夫子》畫冊
瞭解一下幽默的中國文化
去看一齣功夫電影
去站在中國藥鋪前，對著
蛇的皮
蟬的翼
烏龜的殼
麋鹿的角
想像中國人是一個多麼原始
多麼可笑的民族啊
中國的藝術
也有值得欣賞的地方
他們家中就收藏著一張
價值昂貴的鴉片床　一個
真正康熙年代的
痰盂罐　用玻璃罩保護著
高高地陳列在紅木酒櫃上

一個不知裝過誰的骨灰的
古樸的小小陶器罎

歡樂的日子是永無休止的
中國很遙遠　戰爭很遙遠
花開得很燦爛
果子結得很豐盛
葉子要到秋天才落下來　那時
再去玩尋根的遊戲吧

轉檯子女郎

從這一桌轉到
另一桌。從這一個陌生轉到
另一個陌生。從這一個寂寞轉到
另一個寂寞。
她是一個轉檯子的女郎。
在風塵中
她轉著
檯子。

燈光也轉著
由慘紅
而怪綠
而漆黑。

音樂也轉著

由嘈雜
　而瘋狂
　　而淒厲瘖啞。
酒杯也轉著
由優雅
　而暈眩
而碎屍萬段。
酒杯邊緣的紅唇也轉著
由嬌嫩
　而黯淡
　　而血盆大口。
酒杯內的淚水也轉著
由啜泣
　而嗚咽
　　而嚎啕痛哭。

只有你不轉。
不轉的只有你。
因為
你只能坐在那兒
被轉。

閨密

桃園三結義以歃血為盟誓
繡閣諸姐妹自有其手帕交
的情誼——
玉屏遮掩處傾訴心靈的哀怨
珠簾懸垂後慰藉胸懷的寂寞

床頭細語太濃
手足微言太淡
鶯聲燕語的韻律卻總是春天——
　嘻嘻哈哈捕風捉影
　嘰嘰喳喳說地談天
　呢呢喃喃西家東家
　瑣瑣碎碎你是我非

無意壯志凌霄改朝換代

當剛強男兒激昂呼唱——

「大風起兮，雲飛揚」

娘子們則輕柔淡然地——

讓風吹過

讓雲來去

闖入室內的一隻蜻蜓

點水之姿竟成蹈火之舞
複瓣薄翼急促上下拍擊
單一長尾不停左右搖曳
且擁抱水晶燈的光燃燒
且熱吻糊牆紙的花瘋狂
愛原是盲目衝動非理性
一條守宮匍匐壁上
一隻花貓蹲踞窗台
一雙素手輕輕拉開
帘幕　你離去
帶著激情的經驗

致R

昨日行經沃德加斯大街，安全島上
一整排，沿著燈柱花架爬上
半天高又像噴泉般迤邐
垂灑下來的九重葛……現在
只是叢叢扶疏的綠葉
再過些時日，開花的季節來臨
便美得像漁人
進入的桃花林，那時妳會歸來
與我一同馳車在這條
馬尼拉仙境般的街道嗎？

也許我們真能找到一條
失落的地平線（妳又會說
我總愛談些不切實際的空論）
然後突然大笑著告訴我：失落的

地平線確實能找到，座落在
我們常去觀賞落日的
由海水填平的
土地上——一家迪斯可的名字

那麼就約二三知已
到妳喜愛的半島
咖啡座——聽管弦樂團演奏
優雅的室內樂，看妝扮
入時來來往往的都市麗人
吃甜而不膩的雞蛋
草莓捲餅

英素拉頂樓的小劇場，又有新的
舞台劇推出，電影《紫色姐妹花》
早已上映，我是等不及的首演
觀眾，妳回來
陪妳再看一遍。文化中心的交響樂

芭蕾舞、演奏會……一場
接一場地排著

當然現在這些皆引不起妳的興致
想妳遠在英倫，正潛心
致力於中國古典藝術以及影青
陶鈞的研究。來信告知：
功課繁重，許多讀書報告要寫
有些課程是在收藏豐富的
大英博物館實地講授
求知的樂趣確是難以言喻……

英倫多霧，當有一種
迷濛的美，但多陽光的岷市
亮麗而熱情。朋友都念著妳
有人等妳歸來鑑賞一對乾隆粉彩的真偽
有人等妳歸來決定一次藝文活動的策畫
有人等妳歸來秉燭夜遊

有人等妳歸來西窗日話
有人等妳
歸來……

在渥因都貝

我們是穿越紅燈區來到這裡的
一進門，便分外感到一種綠意
與高雅的氣氛。選一張
靠玻璃長窗的雙人桌
坐下，窗外
有一個小小的庭院
窗內有燭光
有琴聲的伴奏

臨街近海的國際會議中心
亞洲六國
高峰會議正在進行，但政治
不是我們今晚著意的話題
宗教也不是，雖然
古老的馬拉地教堂就在數步之遙

雖然，你如約地
正在寫一篇
非宗教的故事

我已不再是動輒
流淚的嬌柔女子，你駕車時
故意頑皮地急剎車或
大轉彎也不會引得我驚呼，提及
老鼠與蛇，我說：牠們是
可愛的小動物……因此今晚
你可以選擇任何話題
與我對談：死亡
或是寂寞，或是
人生底無奈與痛楚

而你卻是一個充滿歡笑與光彩的人
懂得生活的藝術以及美酒
美食的韻致，你點的油燜田螺

令我想到一位現代詩人執著的
「螺旋形之戀」，你為我叫的
加州白酒，使我思及
一位古代詩人此景
此情成追憶時的惘然

有時你會突然唱起歌來，似乎
一切煩惱皆拋諸腦後
有時你又會一聲微嘆，告訴我
如何嚮往三度空間
之外玄妙的涅槃。在一杯
接一杯又一杯雙料
馬丁尼烈酒之後，你依然毫不顫慄地
用左手
用右手為我寫有趣的詩句，正正
反反狂草隸篆的墨翰
在一根接一根又一根繚繞
濃菸之後，你依然毫無倦容地

告訴我：熱帶魚的養護方法
紫微子平的不可思議以及
科幻小說的神奇

你習慣性地蹙眉令我焦慮，忍不住地
我要用手輕輕
將它撫平，但這是與仁慈
與慰藉無關的意念
我心中想說的是——
憂鬱可以美麗如燭光的舞姿
哀愁可以動聽如鋼琴奏鳴曲
在渥因都貝，我們對坐的
那一個夜晚
那一個夜晚，在渥因都貝……

一個人

每張照片上的我都是影單
形隻底一個人：
一個人在花前微笑
一個人在燈下沉思
一個人奔向北地
彩葉繽紛的秋季
一個人沉醉在異國
詩文濃郁的大學城

也是一個人躑躅於那條遙遠的河畔
尋夢　也是一個人
徘徊在文哲大樓的長廊
讀詩　也是一個人
在超級市場在購物中心在加油站
在玉米田在玫瑰園驚豔

於一株百朵千蕾的薔薇
在大橡樹下餵食一隻小松鼠

還是一個人
或立或靜坐或憑欄或回眸
或凝望——遠景　近景　特寫
一些姿態　某種表情
蒙太奇的淡入
淡出　深深淺淺
生命的顏彩、線條織就
清晰又模糊的畫面

總是一個人
一個人　卻不寂寞
一個人　更非孤單
只因你——一直都在我身邊
你當然不在照片上　你正忙著
為我　捕光捉影

（全神貫注的主題是我
全意集中的焦點是我）
為我　選取最優的角度
為我　構思最佳的鏡頭
為我　使時間停格
為我　讓瞬間留駐
在那些美好的記憶裡
我是最最不孤單的
一　個　人

致郁芳

候鳥般經年展翅於太平洋
呂宋島，大西洋
嘉納利島的你，來信說：今年
不打算做風塵中的滾石了。要在
四季如春的泰納瑞芙，學做一尊
磐石——創設Circulo De Arte
用熟練的四國語言傳授
精深的中國畫藝。接著
淡入的特寫便是：
　紅桃　白李
　碧眼　金髮
掩映中的妳——
樂隊指揮沉穩地　揮灑姿態
江湖俠女飄逸的　懸腕功夫
看！好一副琴心劍膽的

畫面……逐漸
淡出的鏡頭則是：
　薄霧　輕煙
　細雨　迷夢
嶺南時空背景的　渲染絕招
古道顏色襯托的　現代詮譯
一片丹青、一片丹心——
啊！正如我們
不渝的友情

音符

——贈作曲家施覊麟

以幼蟲的
生之喜悅
　泳於
無限水域
的蝌蚪

岷江恭迎一如法師

由嚮亮的〈青藏高原〉[42]
到沉潛的「一聲佛號」
其中的轉折、起伏
　　迴旋
超越
又豈是花腔
女高音美聲學運作
與造藝所能闡釋

以玄德三顧茅廬的至誠
玉棉居士萬里飛渡
太平洋叩請
一如法師大駕蒞菲
為華嚴法會助唱
為娑婆眾生祈福

---

42 一如法師獻身佛門前係大陸名歌星李娜。一曲〈青藏高原〉，享譽海內外。

猶在俗世迷悟之間的我
冒昧地以粉絲的興奮向
師父呈示
一張歌星李娜的ＣＤ
師父賜我一朵寧靜
祥和的「微笑莊嚴」
莊嚴的微笑裡我似乎瞥見
色空不異的慧觀
領悟到——
正知正覺的般若

感謝您　教宗方濟

沿街乞討的人不見了
遍地丟棄的垃圾沒有了
雜亂的攤販消失了
擁擠的車輛暢通了
在迎接教皇方濟的主要路線
羅哈示大道上：一切顯得
那麼有規律、那麼整潔
那麼美好……
馬尼拉灣的海水波光粼粼
堤岸的椰樹挺直婀娜
一輛馬車停在樹陰下靜待遊客
路邊種植的花草芳豔繁茂
連斑馬線也劃分得井然有序
黑白分明……展現出這是
一個清廉、安詳沒有紊亂

污染、貧窮、貪腐的國度
（然而，不知能持續多久？
　悲觀的人士如是說。）

神聖的教皇方濟　也許這只是
我們呈現給您的一個象徵
理想或預言　但是
我們知道它們都能實現：
菲律賓是一個堅毅、樂觀的民族
菲律賓人民有信仰
菲律賓有——
教皇方濟前來賜贈的祝福

紅木椅
——為紀念婆婆李許淑媛而作

我們甚至不需要
一座橋，在婆媳之間
二十年流水潺潺流過
客廳裡的紅木椅知道

椅背上鑲嵌的大理石冰涼
透骨，我用手、
輕輕撫觸——像撫觸
妳的臉
像撫觸一汪明淨的湖水
湖岸有鏤刻精緻的蓮花座
有晶瑩璀璨的貝葉，一路綴灑
到椅子頂端……雙獅盤踞
戲著綵球，在迎接妳

花園裡，妳悉心栽植的蝴蝶蘭
已開成蝴蝶。七里香
幽幽的氣息，正飄向
七重天

何日再翩臨小坐？
我會把紅本椅擦得明潔閃亮
妳來時，在黃夜，照得出影
妳去時，在凌晨，映得見光

地底的音鳴——贈瑪寧寧[43]

……落花猶似「墜」[44]樓人

——杜牧．金谷園

甚至不讓一枚果子垂落的重量
打破生命溪水潺潺流動的沉寂[45]
像一朵花妳輕輕飄下
尋找隱匿「地底的音鳴」

神奇如星光閃耀
迷離似微風拂面
較地心更為強烈的吸引力
網住每一根纖柔的神經
牽動每一個敏感的細胞
不可抗拒的妳縱身投向

[43] 瑪寧寧（Maninging C. Miclat），1972年誕生於北京，28歲英年早逝，是一位以中、英、菲三種語言書寫的優秀詩人，著有詩集《音鳴：一本詩稿》（*Voice From The Underworld*）。

[44] 〈墜〉，瑪寧寧的一首詩，彷彿是她生命的一個預言。

[45] 詩句採自瑪寧寧「菲語韻文」（Verses# 1）末兩句：「If To The Water A Ripe Fruit Falls, My Heart Will Break When Silence Falls.」

詩的懷抱——以三種語言的音符
詮釋狂歡與激情

愛底故事靜靜流傳
氤氳著熱帶神話的奧妙與虛幻
在酷寒的北京城
雪地上依然留著你的腳印……

靠岸拜占庭
——紀念吳潛誠教授

千島詩社請您來菲講學
我向「葉慈專家」求教的
第一個問題
卻是有關奚尼的

含笑回答的指意是：
來自愛爾蘭，航向愛爾蘭
終極目的依然
是在拜占庭靠岸[46]

最高興的是又見到了您，在台灣
創世紀詩社四十週年紀念
客居新英格蘭，也曾奉寄
詩作，給《中外文學》月刊

46 葉慈作品〈航向拜占庭〉，詩中的拜占庭代表一個永恆的藝術世界和心靈國度。

走進書店，購回一本
桂冠世界文學名著——《里爾克詩集》
翻開扉頁，首先讀到的
是您策畫彙編的序言

再次展讀您「艱難之魅惑」
在孜孜鑽研文豪詩藝的字裡
行間，我認識一位
潛心誠摯的學人風範

老農
——紀念王國棟先生

必然是
收到五柳先生的親筆函吧！
前來相邀，赴
南山一行。知悉你
終日辛勤耕耘
之外，亦頗好
杯中之物。

穀倉中已堆積著
豐盛的成果——是你一粒
一粒播下的種子啊！
園中的土地
亦肥沃，
是你用血汗灌溉的。

不能再等了
春天就要到了，那時
會更依依
不捨的。要走
就必須選一個不適宜
耕耘的日子，
一個冬眠的日子——花還沒有開。

不要為我悲傷，朋友
南山很嫵媚，你抬頭
就能看見
我和淵明兄正在飲酒吟詩呢！

輓歌——贈月曲了[47]

月兒彎彎　　像船
渡你去到
真空妙有的彼岸

月兒彎彎　　如弓
射你進入
太虛圓融的弧心

月兒彎彎　　似眉
雲天渺渺依稀聽見

[47] 月曲了，本名蔡景龍，福建晉江人。1941年在菲律賓出生，是一位在海外接受華文教育的華僑。中學時代，加入菲華當時唯一的華文新詩寫作團體「自由詩社」，而接觸到台灣六十年代新詩革命運動的熱潮，深受感染，即投入這支為藝術而藝術的行列，開始寫詩了。自此對新詩的熱愛及執著，便有那種拿得起而放不下的癡情。但卻因1972年菲國政府突然宣布軍統，戒嚴而停筆。到1982年解嚴，華報副刊復刊，月曲了才再度提筆創作，其重要的作品都是這時期寫的。著有《月曲了詩選》。

寂寂空閨低聲相問

：「畫眉深淺入時無」

蜜

——贈艾山

以「蜜你啦」稱呼我們居住底城的
乃一位編籬護花[48]的博學
長者。在遙遠的路易西安娜
胭脂[49]染紅的秋林，他是一株
四季常綠的勁竹，彎身觸及大地
也挺直
伸向空中

以「蜜灣」稱呼我們環抱底海的
乃一騎奔騰
仍繼續奔騰的白馬[50]
在光陰隙縫裡
縱橫
儒道形象的不朽

[48] 艾山在馬尼拉千島詩社聚會引用張大千「本為編籬護菊花，誰知老竹又生芽」詩句喻自己心情。

[49] 艾山現居美國Baton Rouge, Lousiana，胭脂取Rouge字義。

[50] 艾山乃五十年代華人在紐約成立的「白馬文藝社」副社長。胡適譽該社為「中國新文學在海外的第三個中心」。

天人合一的永恆[51]

也是以「蜜」般甘醇的諍言贈予的
是有關詩底醞釀與採摘。對癡迷
繆斯的千島諸子，他說：
那純度，必然是經由
時間的提煉——古代與現代
而蜜度，必然是來自
空間的融匯——東方與西方

---

[51] 艾山曾英譯《王弼注：老子道德經》。

瑪莉亞・克拉芮[52]

我似乎聽見　馬車的答
載妳行經王城
古老石板的街道
褐紅斑駁的牆垣
掩映在粉白茂密的茉莉叢中
瑪莉亞・克拉芮
妳下車的姿態
有公主的衿持
走上石階
又有聖女的典雅

我們似乎看見　妳用纖纖玉手
輕沾聖水
在額頭　心上　雙肩虔敬地畫
十字　行一個屈膝禮

[52] 瑪莉亞・克拉芮，黎剎小說《勿犯我》（*Noli Me Tangere*）及《叛道》（*El Filibusterismo*）中的女主角，後成為菲律賓上流社會柔順、保守婦女的典型。

進入教堂
嘴裡喃喃著禱詞
「因父及子　聖靈的名　阿門」

瑪莉亞・克拉芮
妳坐在水晶吊燈的客聽裡
低頭勾織縷花的餐巾
隔室　傳來悠揚的琴聲
樓下　飄入椰糕的香味
靠牆的玻璃櫃裡
外祖母珍藏的銀質餐具　閃閃發光
依窗的小茶几上
厚重精裝本的鍍金聖經　正翻在
哥林多前書十三章：「愛是恆久忍耐
愛是不嫉妒　不自誇
愛是凡事包容，凡事相信　凡事
盼望……」寧靜的午後

陽台盆栽的紫蘿蘭正嬌豔地綻放
在時代潮流的迴旋和
民族意識的激盪裡
瑪莉亞・克拉芮
妳是沒有選擇餘地的
必然造就更大的
爭論　更多的
疑問　但一個形象
一旦塑成　便像
一棵樹　已然生根
一顆星　已被指認

瑪莉亞・克拉芮　也許
妳會垂下及腰的長髮
在鬢邊　插一朵
大紅花　也許
妳會赤足裸身　奔跑於沙灘
把乳白的皮膚曬得赤黑

也許妳會換上迷你裙　牛仔褲
擠在遊行的隊伍裡
高呼女權運動的口號……

但我依然　瑪莉亞・克拉芮
啊　瑪莉亞・克拉芮
我依然看見妳從容嫻淑地
站在桃花心木的長鏡前
整妝——
　寬袖　長裙
　披肩　絨鞋
手中一把　西班牙摺扇
胸前一串　洛可可項鍊
上教堂望彌撒
光潤的雲髻
簪一方蕾絲的頭紗

最後的酋長[53]

海的藍與珊瑚的
紅——你褐黑皮膚下流著的
王室血統
是毋庸置疑的

而冠冕竟是
一條伊斯蘭的寬頭巾
鮮豔的色澤便富麗得
真像一個顯赫的朝代了

其實山頂的城堡不過
是些竹編土砌的簡陋茅舍
以木樁欄柵圍界著
幾尊小型的大炮擱在缺口處
幾個持刀的武士站在陰影裡

[53] 最後的酋長，這裡指蘇利曼（Raha Soliman , ?-1571），西班牙人統治前，菲律賓最後一位君主，也是較勇猛的反抗者。他是忠貞的回教徒。

還有——就是
鯨魚的骨
野牛的角
磨成懸掛
在你頸上的護身符了

當深山的叢林
豎起圖騰柱
當遠洋的船隻
載來十字架
你的靈魂早已有所歸屬
阿拉說：
「讓侵略者撤離
讓背信者遷移
讓仇恨消弭
讓爭戰止息
唯王者的名　在

拉布拉布[54]致麥哲倫的一封信

皆非我手刃您的理由——
　民族英雄的榮銜
　水族貴冑的封賜[55]
麥哲倫先生——
　您的冒險精神我景仰
　您的遨遊壯志我敬佩
　　而在——
　經歷無數驚濤駭浪
　望盡無際海角天涯
之後——您定然更能瞭解生命的
至高境界——非名
　非利
而是自由。您定然更能體會
　交往與壓抑的不同
　互愛與奴役的差距

---

54 拉布拉布（Lapu-Lapu, 1491-1542），乃菲律賓瑪克旦島的酋長，第一個反抗外族統治的民族英雄。1521年4月27日，他率領部下與葡籍航海家麥哲倫隊伍交戰於瑪克旦島海灘，麥哲倫死在拉布拉布刀下。

55 菲人為紀念拉布拉布，特以一種魚類冠其名。

融匯與侵佔的區別

此時此地
麥哲倫先生　和煦的陽光正映照著
瑪克旦古戰場的沙灘——
您被我刺殺的地點
您最後葬身的所在
紅豔的花圃
翠綠的草坪
堅固的鐵柵圍繞著一座刻有
西班牙女韋興總督表揚
麥哲倫的紀念塔　不遠處一尊
拉布拉布的銅像
——手握大刀
手拿盾牌
英武非凡　面海而立
此時此地
麥哲倫先生

這些已不再屬於我們
　盔甲卸下
　鱗甲化裂
我們已超越人世的成敗與情仇
　擺脫三度的束縛與囚禁
您和我已獲得——
真正的自由

席朗女將軍[56]

親愛的傑哥　我是多麼渴望
能由雕像冷肅的高台
邁回生命狂熱的平原
由馬尼拉　二十世紀的水泥森林
重返
伊洛可斯　十八世紀的自然綠野
時光能倒流嗎　二百二十七年後的
今天　他們視我
為婦女解放運動的表徵
他們說我是菲律賓的聖女貞德
他們將我揮刀躍馬的形象停格
在全國最繁華的商業中心——
無數的車輛在我身旁穿梭
來往　但是傑哥
我是多麼思念　與你並肩

[56] 蓋布蕊拉·席朗（Gabriela Silang, 1731-1763），菲律賓伊洛可斯地區民族英雄傑哥·席朗之妻。傑哥遭敵人暗殺後，她繼續領導部下和西班牙軍隊作戰。最後寡不敵眾，被俘，受絞刑而死。

馳騁的歡暢　鄰近的
半島和洲際　是兩座現代所謂
五星級的旅社　那麼傑哥
我們維干　甜蜜的故居和家園
應該是
整片閃耀的星空了
在那一片星空下
親愛的傑哥　我們度過了
五年　安適快樂的日子
殖民地的陰影逐漸擴張
一七六二年十二月十四日
你決然宣布
自由伊洛可斯的獨立
在聖陀·多明閣　與敵人首次交戰
你便旗開得勝　再次傳捷
即長驅直入我們的家鄉
維干　猶斯他瑞斯主教及一些
異族官員　狼狽渡河逃亡

你仁慈寬宏地讓他們
保全了性命

你不但是一位優秀的軍事家
也是一位英明的領導者
你的軍營堡壘般
在山頂俯瞰整個維干城
你選賢用能　制法定律
徵收　公平的稅金
你派遣使員　赴其他省分
呼籲同胞　精誠團結

你自由的號召　受到
伊洛可斯各城鎮
熱烈的響應
你的聲勢愈來愈大
敵人開始感到畏懼並且知道
已不能用武力來擊敗你　於是

便使用一種最卑鄙的手段——暗殺
暗殺者　竟是
你親信的朋友米格・韋可斯
親愛的傑哥　我帶著無比的悲憤
繼承　你的遺志
在叔叔卡瑞諾及忠貞弟兄們協助下
退守到我母親的家鄉辟第干
成立　自由伊洛可斯流亡政府

我召集了更多的鬥士　發動
沿海城鎮游擊戰術的攻打
我們的力量　逐漸增加
到兩千人　我們只有刀斧　弓箭
火竹茅及從敵人那裡奪來的
幾支毛瑟槍　但是我們
充滿堅毅的決心和勇氣
由我——女將軍——大家如此尊稱我

一馬當先
飛騎率眾　朝
維干行進

親愛的的傑哥
敵人的隊伍　是經過嚴格訓練的
六千大軍
敵人的裝備　是肉身難以抵擋的
槍械與炮火
我們攻城的壯舉　受到
慘重的回擊　叔叔卡瑞諾
就在這次戰役中犧牲了

我們只好退到鄰省　阿貝拉
在荒山野地躲藏逃匿
最後被擒擄時
只剩下我和八十位兄弟
兄弟們　一個一個被敵人

分配到沿岸不同的城鎮　絞殺
示眾　而我——最後的生存者
則被帶往維干
接受軍事審判　於
一七六三年九月二十日
以同樣的方式　處死
行刑的那天
和風　麗日
天空沒有下一點雨
我也沒有流一滴淚

親愛的傑哥　遊客們
又在我雕像的四周佇立
仰望　他們讚賞我
飛揚的長髮
激昂的表情
握刀的氣概
躍馬的風姿

「是一座優雅的雕像啊！」
「是一位美麗的女英雄！」
這樣就夠了　親愛的傑哥
讓他們忘卻戰爭
忘卻暴虐和殺戮
讓他們欣賞我　像欣賞一件
藝術品　讓他們永遠享有
自由　平等　民主
讓他們心中充滿美與愛
讓他們快樂　就像我們早期
在維干
並肩馳騁的歲月……

蘇瑞佬佬[57]

八十四歲　應該是
受人尊敬的年齡
被人呵護的年齡
過馬路有人前來攙扶
在公共場合　有人自動讓座
可是　也有人
下令　將我放逐
太平洋　馬瑞納斯島

或許　他們以為我會像
拿破崙　被禁錮於
地中海　聖·海倫娜島
　　　　鬱鬱以終
那時　他　五十一歲
而我卻在六年後重返

---

[57] 蘇瑞佬佬（Tandang Sora）乃菲律賓人對美珠瑞・亞謹諾（Melchora Aquino）的暱稱，她八十四歲時，在她小小的雜貨店裡，曾庇護、照應過許多愛國志士，後來，被西班牙人發現，將她逮捕，送審，並遣配關島；六年後，重返馬尼拉，她去世時，一百零七歲。

祖國菲律賓
那時　我　九十一歲
九十一歲的年齡　加上
流亡愛國的美名　理應受到一些
禮遇和報償　但我仍舊住在
巴林達瓦寂寂的村落
過著貧窮堪憐的生活……我告訴你
這些　不是向你訴苦
「我從不後悔　如果我有
九條命　也心甘情願奉獻給
我至愛的國家」這是放逐令頒布後
我對西班牙將領布蘭珂說的話
我告訴你這些　是要你知道
如果有一種事件
發生　令你突然意識到生命的
意義與活力　突然感受到
光與熱與愛　令你相信

這是你必須做　應該做
想要做的事——譬如說
忠貞的革命鬥士來到
我的小店　我替他們敷點藥
包紮一下傷口　我給他們
一些食物和安慰　我為他們祈禱
譬如說：他們將我逮捕
送往畢立比監獄　承受一連八天
嚴厲的軍事審訊　而我仍不說出
永不說出英勇孩子們的
藏匿所在　譬如說：他們遣配我
出境　在人地生疏的異域
生活了兩千多個孤寂的日子……

我告訴你這些　也不是對你
炫耀　而是要你知道
在生命中　如果有那麼一個
時刻　你突然面對

發揮人性尊嚴與勇氣的機會
你突然發現一種狂濤
閃電的力量　一種邁向自我
靈魂的完整與理想　你千萬
千萬不要猶豫　不要退縮　不要
畏懼　不論
你是八十四歲或是九十一歲的
高齡

高齡不是藉口

藝

在小小的黑釉茶盞裡——
有野兔奔跑
玳瑁行走
鷓鴣鳴叫

拳擊賽

必然是疆土
　紅顏
信仰
之外的抉擇　必然超越
復讎的意向
　罪與罰
的批判與爭辯　必然
不屬於蛙
不屬於兔
解剖刀下為知識　奉獻的
崇高藉口
　搏鬥和浴血
浴血和搏鬥
必然亦非稻穗
成熟豁達的

宿命論　欣然
接納劊子手　起落有序
行刑的韻律
刎頸的忠貞
在擂台
在擂台——一個不適宜
防守　不適宜
退避的地點　當
三號風球　撕裂
一上國衣冠
七級地震　凌遲
　　　　　一城池燈火
必然你
你必然正以
　　颱風眼底冷峻
　　火山口底熱情
見證：

狂暴之必然
一如
溫柔之必然

鬥雞

農場已經拍賣
所有的賭注皆押在黑暗的一面
再聽不到晨曦喚醒靈魂的鳴叫
競技場內
他們為謀殺的遊戲而歡呼

看死亡輕如鴻毛般地飛翔著
看鮮血流在信仰之外，正義之外
一樣能激起沸騰，激起狂瀾
無須仇恨，無須目的
一樣能和對方拚個你死我活

紅色的冠冕不是勝利的表徵
花翎的裝飾亦非光榮的賞賜
在殺戮與被殺戮皆無選擇的陰影下

勝與負的結局是等量的空虛
唯一想望的是返回我渾圓潔白的最初

觀森下葉子舞《天鵝湖》

【關於本詩】

「我一天穿破一雙舞鞋，」森下葉子說，「每日練舞，對我非常重要。如果我一天不練，自己就感到鬆懈。兩天不練，合作的舞伴就會注意到。三天不練，觀眾就看得出來了。」在這樣辛勤不輟的毅力和恆心之下，森下葉子終於成就了一顆國際閃亮的芭蕾舞星。她曾和許多最優秀的舞蹈家合作，像Fernand Bujones、Jorge Donn、Balee Inharm及Rudolf Nureyev。

菲律賓芭蕾舞團為了慶祝十週年紀念，去年十月在馬尼拉文化中心演出柴可夫斯基的《天鵝湖》，特別聘請這位日本的首席舞星前來助陣。森下葉子的舞藝，正如一九七六年她在紐約首演後，《紐約時報》對她所做的大膽預言：爐火純青的姿態，無懈可擊的平衡——每一個動作和表情，都保證森下葉子成為古典芭蕾舞蹈家的命運。一九八五年，她是第一位贏得芭蕾舞最高榮譽「勞倫斯．奧利佛獎」的日本人。

《天鵝湖》芭蕾舞劇，我曾看過許多次，舞台、電影、電視甚至卡通片。但是森下葉子的演出，卻是第一次觀賞。她的舞藝，使我寫了這首詩。

藕臂飄軟如波浪
起伏　菱尖
輕盈似唇角的笑
啊！湖面婀娜的
蓮步　竟然
不是朵瓣
而是羽翼

但我已超越童話的
年齡　不再醉心於仙女
王子的魔幻神奇
啊！腦海浮現的
竟是一幅純柔
致虛的沒骨畫　以及
上善若水的　不抵抗主義

觀「優人神鼓」演出[57]

鼓聲來自洪荒
隔著山巒
部落與部落傳遞
原始的訊息

鼓聲來自季節
衝破雲層
第一聲春雷喚醒
冬眠的蟄伏

鼓聲來自子宮
胎兒的心跳
再一次生命的
轉世與輪迴

[57] 觀台灣「優人神鼓」表演藝術團體來菲演出。

啊！不
那不是鼓聲
是雪花靜靜飄落
是禪
是力與美的展現
在光與影的幻象中
當幕帷升起

杯子
——於華嚴學會恭聆界靜法師講《六祖壇經》

杯子被使用的剎那是杯子（強名為杯子）
杯子不被使用時是假象是幻象
是概念是夢

杯子是杯子亦非杯子名杯子
杯子無形亦非無形
杯子存在亦不存在
因緣而生
緣生無性
緣乃空（空有不二）

杯子之實相不常亦不斷
不一亦不異
不生亦不滅

杯子被使用的剎那是杯子
剎那變易……

荷花

——詩王禮溥畫

站在荷塘邊
正想伸手
去摘你畫中那朵初開的荷花
一隻青蛙
忽然從荷葉下跳了出來
不許碰
顏料還沒有乾
水珠還是濕的呢

後來
顏料乾了
那顆水珠閃耀得更晶瑩
可是
我卻怎麼也捨不得摘下

這朵畫框中
永遠綻放的
荷花

草與花
——林啟祥墨寶「稼軒詞」

千百度
尋覓
凝住於
書法一紙

一紙乃一指
天與地——
設若狂草之迷惑
能在非關文字
的妙理中
悟得

想——
燈火闌珊　驀然

回首　亦應見到
那人
拈花微笑[58]

[58] 王國維《人間詞話》引辛棄疾〈青玉案〉詞後半闕，謂：「古今成大事業、大學問者必經三種經歷中最欣悅的境界。」

水墨丹青
——賀菲律賓自得書畫會成立十週年蔡秀雲師生作品欣賞會

又豈是水墨遊藝的自得其樂
十載丹青更栽植了無數桃李菁英
根鬚種子原來自炎黃的千年傳承
枝椏筆觸即延伸出華夏的獨特神韻
書寫、渲染、描繪著一幅幅——
對美的追求和喜悅

早春

——讀劉國松畫

自非山非水的混沌大氣見
山是山　見水是水
自似有若無的幾抹
綠　尋及
季節循環的秩序
且自預設標示的主題
感知命定的圖騰——
即不再執著於表象的逼真
寫實——形態、音聲
或色澤……同時也領悟到
終極存在的是流動而非河流
　　是莊嚴而非山巒
便將一切名辭自光影、線條中
悄悄匿去——林木、花草

飛鳥、動物、游魚
屋宇、橋樑抑或正在
幽壑觀瀑的數位高士連同
遠處古剎隱隱傳來的鐘聲……

夏日牧歌（Summertime Pastora）

——詩 Amorsolo 畫

豐盛的饗宴滿溢菜根香
滋潤的黃泥地柔軟清涼
素食的牛群原是——
閒情逸趣的禪子
或坐或臥或立或行或觀望
天際較煙火更璀璨的彩雲飄揚

美好的時光
——詩Amorsolo畫

知悉將被畫筆停格
進入時光隧道——農婦
村姑們便刻意妝扮起來——穿上
蝴蝶袖的紗衫
孔雀尾的長裙
以最甜美的表情
　最生動的姿態
　最適當的角度——
側身、正面、背影……
在大樹下、濃蔭底
亞熱帶金黃、翠綠的果蔬滾了一地
盛滿籮筐、滿簸箕——芒果、西瓜
菜瓜、江豆、青菜、白菜……
陽光映照、應是晌午時分

你可以嗅及泥土的芬芳
感知大地的豐富、你可以
聽到交易互動間的言談嘻笑
你也會看見那個從牛背跳下
斜倚樹身的牧童……如果瞧得
更仔細點兒，你還能看見
水塘苔石上蹲著的青蛙以及
亂草雜叢中棲息的野鴨……

浣衣
——詩Amorsolo畫

童貞女的羞澀被林木濃蔭遮蔽
且將文明的束縛一件一件除去
澄澈的溪流映照著光潔的胴體
一如希臘神話水仙臨波的自戀
踮著腳向水中美麗的倒影走去

燭舞

——詩Amorsolo畫

在舞與舞者之間，你選擇
燭光——蠱惑於
　燭芯流下的淚
　燭身綻開的花
　燭焰照出的柔亮

也是一種玩火
的遊戲——可以燎原的
星星、可以焚城的燃燒
而現在——鶺鴒般停憩在
少女烏黑的髮叢
　白皙的手臂、掌心……
任紅裙旋轉、赤足跳躍……
吉他、豎笛、手風琴鳴奏……

以及掌聲的應合、歡呼、讚嘆……

唯一安靜的是
燭光……
還有你

漁舟晚唱

——詩Amorsolo畫

歸舟不是休止符
漁人的琴弦豈僅
斜斜的船舷和
直直的桅杆
魚網縱橫乃交錯的五線譜
織出的樂章便有海洋的壯闊
落日的旖旎、沙灘的溫柔
和魚群的喋喋……
黃昏是迫不及待的
第一位觀眾
霞彩的天幕尚未拉起
就悄悄閃身入座

少女與陶甕
——詩Amorsolo畫

小溪就在附近，沿著屋後
的黃泥路，沒多遠
就能取到水。但我喜歡繞道
穿越芒果林，在濃蔭下行走
看陽光透過樹葉灑下
美麗的圖案。再過去是一片
玉米田還有菠蘿園、椰子樹
菜圃、甘蔗、香蕉和土荔枝……
我會去到山腳，那裡的水
更清澈，可以看到河底的卵石
和游魚。當然我最高興的
是見到達哥，他會自田埂
向我走來，幫我一同將水
注滿陶甕。然後

用他結實的手臂輕易地
舉著，陪我一路走回家……

舞
——紐約Joffrey芭蕾學校觀賞排練

有關其他同音異義的字眼兒
就不必管它了，諸如：
三度紅塵的物
四大皆空的無
五蘊聚集的吾
乃至明心見性的悟

你是舞者
你要知道的就是舞
舞成鳥、舞成魚
舞成水的流動、火的燃燒
舞成雲、舞成風
舞成一個太陽系

舞成舞
舞是你、你是舞
舞成所有同音
異義的物、無、吾、悟
全都化為同音同義的
舞

雙人舞

小數點……在踮起的
足尖　以每分八十
（打字的速度）
輕輕挪動
繁複如交響樂的
方程式　她
和
他
一同演
算著
繞道
回歸線　踩
過
地

地平線
超越子午線
飛出一條虹的拋物線
他
在另一端
不偏不倚
不疾不徐
準時接住
她

411　雙人舞

諸般幾何圖形的
面的分解
　與綜合：金字塔△形
　　會議桌的▯形
　　　大宅院的□形
教堂塔尖的十字形
星球的○形：組合成一張
題名Pas de deux諧和
優雅數理姿態的
Cubism立
　　　體
　　畫
各式角度的乘　除
加　減：30滑斜
　45側身
　　　180騰躍
360旋轉
　　90深深鞠躬謝幕

等號兩端
　絕
　然
　精
　確
　的
等量齊觀

核子爆炸的
掌聲　震撼萬千心靈
地心吸力的學說被推翻
E=MC²的公式被印證
一枚紅蘋果自牛頓的頭頂
飛向枝頭
一對白天鵝由愛因斯坦的亂髮
淡出……淡入……
　淡入……淡出……

與君共舞

我已逐漸進入你掌心
隨著你純熟導引的指令
飛燕般掠過天際
　又側身低翔
點水憩息於
秋月漢宮
春花再綻　即沿著你
生命紋　激盪的漣漪
一圈……一圈……
在不同時空的旋律裡
以不同的姿態　尋覓
轉捩點

當光與影
自高處懸垂的迪斯可

水晶球　灑遍整個舞池
預言　是花瓣
　　是顆顆晶瑩的果實
我以童話玻璃鞋輕盈
曼妙的步履　穿越你繁複
感情線
交織的迷宮
在打過滑石粉的地板上
飄揚起　七彩裙裾
幸運之帆

黏巴達傳奇

肢體語言　是拉丁系統的發音
身軀波動　即形成
一張中南美洲的地圖

舞蹈王國原是詩的韻律
組成：
狐步的抑揚格調
恰恰、扭扭是狄金遜
　　鍾愛的兒歌體
探戈踩出義大利商籟十四行

自由體的阿哥哥是親暱的稱呼
熄燈後一切禁忌全然打破
樂隊解散了
群眾的情緒便隨著一張

CD唱片旋轉

總指揮的魔棒
竟是一道纖細的雷射光

一切始於鄰座
燃點的一支古巴雪茄
煙霧迷濛裡的節奏
來自古老的瑪雅和印加
黏巴達　黏巴達
我們已進入幽浮出沒的
祕魯山區　舞池的波濤
又將我們沖到加勒比海
阿特拉斯的龍宮

重返紅塵是里約、熱內盧的
嘉年華會　貼近我耳際
妳向我透露了一個祕密：
「我是金牛宮　來到地球

尋覓愛情
和歡樂的外星人」

貝螺之歌

以波的舞姿
浪的韻律
為基調
貝螺的造型藝術
乃大海最精巧的作品

看！那些圓錐式
螺旋體的展示
看！那些線條、顏彩
和光影的呈現
一如波濤洶湧
漩渦迴動
漣漪盪漾
一圈又一圈
一層又一層

一轉又一轉
水底雕塑
更留住了音響效果
當你附耳即可聽聞
遠洋的氣息
宇宙的呼吸

貝殼花

曾經滄海
落入桑田的範疇後
無須一滴水
已足以和植物們、花卉們爭奇鬥豔
瓣瓣是青春的洶湧
葉葉是生命的澎湃

來移植你的足印早已被移植
曾沖激你的浪花綻開復凋萎
深藏於海底的珊瑚叢
也站在櫥窗內高價待沽
那顆光潔的珍珠
更不知流落在人間何處？

南洋珠

一切已臻於境界的完美
當母貝敞開
扇形的門扉
妳以波提且利《維納斯誕生》
底姿態倏然出現

原係恆河邊的一顆沙礫
潮起潮落日夜沖激
妳已緩緩滌盡
粗糙和污漬

本是宇宙間的一介微塵
冬去春來歲月循環
我也慢慢學會至柔的
謙和與寧靜

於是我們的相遇就成為
必然的因果律
同樣的波長
相似的頻率
妳來自碧海濤濤
我來自紅塵滾滾

附記：菲律賓乃千島之國，盛產海螺珠貝。

飾珠

珠圓、珠方、珠扁、珠長
珠菱形、珠多邊、珠各式
各樣……一顆顆
一粒粒、一串串比絲路
遠，比繩結記事早
比青花瓷、陶俑
鐘鼎還要古老。
人類的雙手、巧思、技藝
苦力磨、琢、切、煉成的
珠……珠珠……諸般顏彩
璀璨晶瑩：瑪瑙珠
珊瑚珠、青金石珠、碧琉璃珠
土耳其玉珠、水晶夜明珠
紅、黃、藍、紫玻璃的珠
用石、用木、用貝、用骨製成的

珠……珠……珠珠……成千
上萬的珠、數也數不完的
珠，總是把
心
都挖給你的珠珠啊！
珠珠……是一顆顆
一粒粒等你來穿引
牽繫和串連的
多情種子
在中國、在波斯、在印度
在南非洲和北美洲
在阿拉斯加和敘利亞
在尼泊爾……露珠
那樣清新、眼珠
那樣靈活、珍珠
那樣靜嫻、淚珠那樣嬌媚的珠珠啊
珠珠……一顆顆、一粒粒
一串串……

掛在少女的頸子上
躲在小弟弟的口袋裡
鑲在帝后的冠冕上
握在外婆的手中……珠珠珠珠……
珠裡有夢
珠裡有美
珠裡有愛
珠裡有虔敬的
祈禱與祝福

附記：一九八九年一月十二日於 Ayala Museum 聆 Beads 專家 Feter Francis 演講後寫。

緬甸玉鐲

如此稀世珍寶竟然與我有緣
靦覥地我將它套上我的手腕
當巍巍一座山前去就穆罕默德
我感佩地匍匐在玉石精靈之前

透明的玻璃胎孕育著日月的精華
結晶的水玉體蘊含了山川的氣息
諸般成長的顏彩——橄欖、草葉
蘋果深深淺淺生命的色澤甚至
一些近乎黝黑的斑紋
不是瑕疵　是美人痣
參差的玉根引向何處
慾念繁雜的紅塵或是
阿彌陀經的琉璃世界
貼近我肌膚緊靠我血脈的

是亦美亦真
無始無終的圓

百衲集錦

僧人入定般專注於
那些不是圓
不是方不是三角不是什麼
什麼都不是的形態
芸芸眾生的花花世界那些
黃的紅的白的黑的棕的
皮膚　藍的綠的
紫的褐的灰的眼珠
頭髮和顏彩
被撕裂　被棄置
　被遺忘的
心　那些破碎的　失落的
不完整的夢　那些無所歸依
無處投靠的
　　　　靈魂

那些殘存的　剩餘的　渺小的
缺一個角少一個邊
總是不大對勁兒的那些
春日流逝的浮萍
秋季飄零的落葉……
佛陀拈花般含笑拾起
拼湊　縫合
無窮變化的妙趣
和生機

雷射唱片

媒妁之言無須藉紅娘的穿針
引線　在水瓶座的科技時代
甚至白金鑲鑽的訂情物也是多餘的
神祕如碟形的不明飛行體
迴旋如千年巨木的橫切面
（年輪是一環環天籟的節奏
　生命是一圈圈仙樂的韻律）
當聲與光吻合——你便經歷
時光隧道刻骨銘心的
自由戀愛

紙鎮

如是乃
理想中真正底淑女
典範——舉手
投足中規中矩，髮飾光潔
齊整，鬢邊亦無一絲紊亂
衣著保守，修短
合度，裙裾摺疊有序。
心正
意正，眉梢眼角
毫無輕佻之處。對外界風吹
草動亦能處之泰然。寡言
沉默，恪守婦道。而其高雅的
儀表，端莊的
坐臥之姿，令人一望而知
係來自家學淵源的書香門第；內含

外蘊，一脈詩禮相傳。如是乃我
寤寐以求之淑女
形象。縱令堅若磐石，穩若
泰山，亦難不為之
心蕩神馳，而天下騷人
墨客思之
愛之者，更無以計數
千古風流
為伊
俯案顛狂

冰雕的塑像

且全神貫注於
剎那
當所有的雕像
皆嚮往著永恆

莫以赤心暖我
　冰肌玉骨
莫以熱淚沾我
　雪膚花貌
只凝眸
較玉琢更璀璨
　比石雕猶光潤
　　勝鋼塑之冷峻的
美

再凝思於
零度下癡迷的愛情——
為誰　消瘦
為誰　溶化成
一
片
水

天球瓶[59]

一千零一夜童話故事
外一章：
一條矯健的白龍
騰躍於碧波青浪
五千年文明古國
濃縮成一部瑰麗的
瓶中書

當神祕的煙雲自瓶口
裊裊升起
合掌的巨人
將允諾你三個
最佳的願望

---

[59] 指明代青花白龍的球瓶，高四十二點九釐米，口徑九點五釐米，足徑十六點三釐米，乃永樂朝專門定製的賞賜瓷。現藏伊朗托普卡普撒拉博物館。

天目[60]

能否以此拙樸底小甌前來
托缽化緣——
　在乞討與施捨之際
　於茶道和禪宗之間
千年累世的因果悄悄浮現：
　也許是紅塵滾滾《石頭記》[61]中的老君眉[62]
　也許是青蔥翠綠山邊水涯的碧螺春
　也許是護駕高僧西域求經的白毛猴
　也許是大慈大悲莊嚴神聖的鐵觀音

東瀛三島航向支那名山
驚濤駭浪豈止弱水三千
潛心修煉面壁靜坐
歸國的行囊裡只有寶物三件

---

[60] 天目，日本對中國黑釉瓷的通稱。現已成為世界共同用語。相傳宋朝浙江天目山佛教寺廟林立，日本僧人多往留學，返國時，常常攜回天目寺廟所用之建窯黑釉茶盞做紀念。這種天目盞在日本成為時尚，且被稱之為天目釉。建窯黑釉由於坯土含氧化鐵高，製作時，釉質流竄，常會出現一些結晶體，像兔毫四散，鷓鴣或玳瑁等花斑窯變。

[61] 《石頭記》，即《紅樓夢》。

[62] 老君眉，為名茶品種之一。清代康熙、雍正、乾隆三朝，最流行的御製供茶共有六品，即「虎丘茶、天池茶、陽羨茶、六安茶、龍井茶、天目茶」。《石頭記》中第四十一回〈櫳翠庵茶品梅花雪〉載：「賈母道：『我不吃六安茶。』妙玉笑說：『知道。這是老君眉。』」

藏經、念珠和幾個黝黝的瓷碗
含怡品茗一如拈花微笑
也是另一種方式的悟道
在小小的黑釉茶盞裡——
有野兔奔跑
　玳瑁行走
　　鷓鴣鳴叫

禮物——明·青花大瓷盤[63]

泰姬[64]吾愛
這一次我要相贈的禮物
妳是猜不到的——
　不是波斯地毯
　不是泰國絲綢
　不是土耳其玉
　不是越南牙雕
而是一件明淨清雅
來自中國的
青　花　大　瓷　盤
　純白的底色如妳光潔細緻的肌膚
　鮮翠的描繪用的是極品蘇麻離青[65]
　三串葡萄垂掛在帶葉的藤蔓
　捲曲的絨鬚如妳鬢邊的秀髮

---

[63] 明·青花大瓷盤，宣德年間（1426-1722），直徑十七吋，高三吋，現存美國布魯克林博物館（Brooklyn Museum），由此件瓷盤可看出中國和伊斯蘭地區交往的諸多痕跡：（一）瓷盤底細小鑽孔和印度一些收藏品類似；（二）足底邊緣題字證實此件曾屬印度莫臥兒王朝統治者（The Mughal Ruler）沙迦汗（Shan Jahan, 1599-1666）收藏；（三）背面的波斯印記指出瓷盤在十七世紀曾被波斯沙法維王朝（The Persias Safavid, 1501-1722）官員貢奉給寺廟（以上資料取自*Arts of Asia*,1996 Vol.26 No.6）。

[64] 泰姬，沙迦汗妻（Mumtaz Mahal），育有十四子女，最後因難產去世。沙迦汗為她築造了一座陵寢（Taj Mahal），是舉世公認最美麗的建築物之一。

[65] 蘇麻離青，中國由西域入口的青料名。

山茶、牽牛、石村、菡萏
野菊和其他十二朵花
連枝帶葉圈成一個冠冕
只有妳才適合佩戴它
　看！那碧藍、雪白的波濤浪花

泰姬吾愛
這就是這一次
我要獻給妳的禮物
一個來自中國的
青　花　大　瓷　盤
　也許它是航海家鄭和船隊帶來的
　也許它是商賈由絲綢之路運來的
　也許它是僧侶為取經結緣攜來的
不論怎樣這件
青　花　大　瓷　盤
必然經過千山萬水、小心呵護
才能如此完美地來到這裡

讓我呈現給
我至愛的泰姬

泰姬吾愛
這件來自中國的
青　花　大　瓷　盤
和我們還有著血源的關連呢
印度莫臥兒王朝第一代君主巴布爾
是中國元太祖成吉思汗的後裔
當然我們也就是他的後裔的後裔
的後裔……

泰姬吾愛
這就是這一次
我要相贈的禮物——
青　花　大　瓷　盤

青瓷雙魚洗

即非黃道雙魚座
亦非八卦太極圖
青逸碧綠的龍泉
自有另一番境界

鯉魚飛躍
龍門的欣喜
鮭魚潛水
航道的超越

背對背
心連心
千秋歲月的
福慧雙修——

停格於藝術
永恆的浮雕

青花釉裡紅[66]

白底兒藍花兒的衫子
打扮得多麼雅致的搪瓷娃娃啊！
也許，也許太素淨了些，
那麼，就在襟邊
別朵牡丹吧！

---

[66] 青花釉裡紅，青花、釉裡紅兩色施於同一瓷器者。由於青料與銅紅料性質迥異，燒成溫度及對窯室氣氛的要求也有差別，因此兩者施於一器，而紅、藍色要恰到好處，並非易事。青花釉裡紅始於元代，明代早、中期仍有生產，而真正的成功之作要到雍正時期。

玉壺春[67]

超越季節之外
壺中歲月
時光永留春日
蕾蕾、朵朵、枝枝、葉葉
舒展——笑顏繽紛
　　　　芳香滿溢

比美泥土的孕育
壺中天地
讓你成長、成熟
像子宮　溫潤而甜適
像井　深邃而隱祕
輕……輕輕垂下你心的轆轤

67 玉壺春，瓶式之一。撇口，細頸，圓腹，圈足。

睡在荷葉下的小孩

就這樣
我躲在荷葉底下睡著了
多麼清涼舒暢啊
盛夏的烈日曬不到我
炎暑的驟雨淋不濕我
水波盪漾是母親
溫柔的手輕搖著搖籃
我緊握的一脈葉莖
給我臍帶般的安全感

有時青蛙跳到我身邊
陪伴我
偶爾蜻蜓飛來我面前
探視我
小小的魚群、蝌蚪

悄悄游過

就這樣
我躲在荷葉底下睡著了
一睡千年
不願醒來
疲困的人
對我無限歆羨
將頭靠在我荷葉之上
與我共享安寧
甜適的睡眠

雪花藍[68]

借點海洋的顏彩
摘些天空的色澤
飄飛的雪片就由
白的結晶成為
藍的花朵
悠悠地綻放——
　在心田
　在夢土
　在古瓷

---

[68] 雪花藍，瓷器釉色名，又名青金藍。係明宣德、景德鎮創燒的藍釉品種。其方法是在燒成的白釉器上，以竹管蘸藍釉料，吹於器表，形成厚薄不均、深淺不同的斑片，再經燒成後，所餘的白釉彷彿飄落的雪花隱露於藍釉之中。青金藍製品極為少見，它是清康熙吹青品種的前身。

祕色[69]——詩越窯

有人說是《詩經》子衿子佩的
青青　有人說
是《楚辭》靈均嚮往的芳草
光澤　有人說是
雨過天青的清新
雲朵綻處的空靈
有人說是千山疊翠，一汪湖水
有人說是薄煙未勻，如玉似水
有人說是花蕊的粉青
　　豌豆的豆青
　　梅子青的青
　　青蘋果的青
　　橄欖綠的青
　　荷葉的青

[69] 祕色，越窯釉色名。相傳五代十國吳越王錢氏壟斷越窯產品，專為供奉之物，庶民不得使用，故稱祕色。但唐人對越窯已有祕色之稱，或祕色為稀見之色。

艾絨的青

有人說是最具古代感
天地元黃的青　有人說
是宮廷內始能一睹的青
有人說是法門寺地宮隱藏了
千年的青　有人說是晚唐
十國詩人們最喜歡歌詠的青
有人說是以心魂深處的感應
和思維才能真正看到、聽見
觸及、品嘗和欣賞的顏色
有人說……

以詩歌汝[70]

同繫一介塵土，何以知悉
層次高低上下
應是怎樣的內涵外蘊
能於千百參與者中
脫穎而出
由初審、複選、決賽列入
前五名又在最後
榮登榜首

是否真歸功於瑪瑙末養顏底祕方
雨過天青的膚色沁透著霞光
先天的美人胚子加上
帝室直屬皇家學院的塑造
一派名媛貴冑高雅的典範

[70] 汝窯，宋五大名窯之一——汝官哥定鈞，汝窯為首。汝窯窯址長期不明，1986年冬，經上海博物館調查，在河南省寶豐縣清水寺村發現汝官窯標本及窯具，由於汝窯燒造的良質產品，被指定為御用窯，進而設置帝室直屬汝官窯。汝瓷以瑪瑙為釉，釉面常有紅斑閃現。釉汁精純，晶瑩潤澤。汝瓷傳世不及百件，極其珍貴。

風起雲湧，物換星移
改朝換代，人事變遷
美底極品依然是——
溫潤似汝
柔美似汝
雍容似汝
端莊似汝

淚痕[71]

冷凝的淒美
原是水的溫柔
與火的激情

縱然千年往事
無以探索人物細節
癡迷和執著
卻依舊在紅塵反覆
又反覆地再現
像綻開又凋萎
又綻開的春日玫瑰

陶泥瓷場一如人間磁場
「有淚痕者始為真」
我哭過……

---

[71] 瓷器施釉時，由於釉漿稠厚，在浸蘸過程中，收釉時釉水下流而形成的聚釉現象，文獻記載常以淚痕為定窯瓷器的特徵。《格古要論》記載：「外部有淚痕者為真。」

古瓷胎記
——詩寫鈞窯[72]窯變

蚯蚓走泥紋[73]的穿梭
鳳凰行火浴的展翅
天旋地轉的窯變
一如隔世的幽幻

何以解說紅紫青藍的斑印
三生銘記的往事豈是——
永不褪色廣告上的紅唇
刻骨錐心盟誓裡的刺青

當夕陽墜入暗夜之前
我甘於觸犯天譴的禁忌
頻頻回首化為陶泥
留住妳一撮容顏底霞彩

[72] 鈞窯，中國古陶瓷中常被認為最具藝術氣息的，一是由於它造型秀麗純樸，釉彩寂靜柔和（被稱為月光色），尤其釉料中的氧化銅，窯變後產生各種紅紫斑痕，美麗而神秘。

[73] 蚯蚓走泥紋，鈞窯在高溫燒製時，素胎乾裂，釉彩流入纖細空隙，形成長短紋線，如蚯蚓遊走，別具情趣。

在落花飄飛凋零之際
我是癡迷瘋狂的墜樓人
遁入土中成為石尊
捕住你一抹氣韻底璀璨

甜白[74]

甜酸苦辣的滋味豈僅舌蕾專屬之品嘗
白淨的無色之色原係七彩總和底凝聚
終於你五官同時醒覺感知那美之存在
自一尊永樂王朝精製的甜白撇口水壺

[74] 甜白，明永樂朝景德鎮官窯所創製的半脫胎白瓷，胎薄，釉瑩，有甜淨之意，故稱甜白。宣德、成化、弘治、正德及嘉靖、萬曆時均曾燒製相類的白瓷，但非永樂甜白可比。清康熙、雍正及乾隆時亦有仿燒（《簡明陶瓷詞典》，頁202）。

轉心瓶[75]

隔著鏤花窗櫺窺視
你心中的動向
走馬燈般底歲月
旋轉著無盡真實
又虛幻的景象——
天干　地支
　　　　鼠牛
虎兔奔竄
時空交替——
　　哈雷　七殺
紫微　文昌閃亮

倏然停格的
是那一個歷史的轉折
不是離宮不是禁苑

---

[75] 轉心瓶，亦稱「旋轉瓶」、「奪環瓶」。清代宮廷流行的瓶式之一。器身造成雙重，外層鏤刻，可見到內側，內層能迴轉。這是相當有技巧的作品。

亦非三日三夜
火焚的圓明園
悄悄映現的是魂牽
夢縈的古月軒[76]——
粉紅黛綠比美玉環
更勝飛燕
抹金描銀軟色硬彩
還有七寶琺瑯的景泰藍

[76] 古月軒，經常指清乾隆時燒造的極上品粉彩瓷，一般有三說：一謂乾隆內府軒名；一謂姓胡（古、月）人所精繪的料器；一謂清宮軒名，歷代瓷器精品均藏於此。

香薰[77]

生命延綿展示的諸般形態裡
這是多麼飄逸雅致底舞姿啊
　　　　在花季之後

萬紫千紅化為縷縷
萬霧輕煙……
而你終能靜靜聽聞
繽紛落英敞開
　　　　瓣瓣心扉

細訴往事
前塵……

且已學會
不再為回憶底甜美與苦澀

[77] 香薰，即薰爐，做薰香之用（花卉或香木）。瓷薰爐始於東吳，六朝時較流行，以適應當時貴族子弟「無不薰衣、敷粉施朱」的講究生活。由古詩詞中亦可得知香薰為生活中增加情趣的器物。宋代設計的造型尤為新穎生動，香氣可從鴨口、獅口、龍口等噴出。

憂傷　在如此安寧
芬芳的氤氳中
感知一切依然存在
　　永遠存在……
靈魂深處的綣戀
喜悅和祝福
也都正在進行著……

仿古陶瓷

如同那捧著我
回家的婦人
我們都不喜歡
被問及年齡
她怕人說她年老
我怕人說我年輕

老——是我寤寐的企求
比彭祖老
老成一個神話
比仙桃老
內心更恬適
雙頰更紅潤
老得皮膚像古瓷繪影

繪聲的美麗紋飾——
它們是天上的雲路　大地的流水
植物的葉脈花瓣　動物的骨骼形態
每一條是經驗底舞姿
每一條是靈魂底圖騰

老得像博物館
玻璃櫃陳列的文物
安詳地坐在絲絨墊上
接見來自各方的人們
向我尋索歷史的見證
生命的智慧和奧祕

老——是我心底的嚮往
老得我終於
終於知道
什麼才是——真

古瓷

原是火與土共同塑造的
靈魂
　以龍鳳之姿
　以古典之影
　以不凋之花
展現於清純
浮印於渾圓
如此冷靜
如此以不變應萬變

請以溫柔待我
撫我　以潔淨之手
顧我　以喜悅之目
戀我　以虔敬之心
經不起打擊

我會為你碎成片片
且你終將
難以彌補悔恨的裂痕
甚至　你哭泣一個春天
甚至　你把乾隆皇帝請來

多少朝代的帝號升起又沒落
多少世紀的煙雲聚集又消散
而我也只能這般
有所不為地
等候
和
期盼

多寶串

試著串連起我們
生生世世的情緣
斷斷……續續……似了
未完……
「凡存在的即永不消失
　，而是以另一種姿態
　、面貌、方式，再次
　出現。」也許
可以由你為我
精心磨琢的那顆
玉管珠開始——五千、七千
或是萬年之前，依稀
我仍能感知如何你
以粗葛搓成細繩，輕輕
將它繫在我頸上

懸在我胸前……晃晃……盪盪……
風起雲湧……滄海桑田……
曾幾何時，有了朝代
有了歷史，有了文字的
記載：
「知子之來之，雜佩以贈之。
知子之順之，雜佩以問之。
知子之好之，雜佩以報之。」
我們日常生活中的你歌
我頌
便被寫進了永世的經典
小小的掛件
不足輕重的把玩
一如平凡夫妻的朝朝暮暮
那些肌膚摩挲的玉珮
裙裾叮噹的飾件——珩、璜
琚、牙、環……豈能成為
誓海山盟的表徵

刻骨銘心的信物
但在灰飛煙滅之際
繾綣的靈魂依然
謹守那鑄情。在離散
背叛之後
執著的意念仍舊
固守那諾言
在殘垣廢墟中搜索
傳說與故事，尋覓
正確的時間和地點
驗證素質的真偽
　形制的演變　串連起
那似了……未完……
生生……世世……的情緣……

雲紋壁

「無狀之狀
無物之象」
恍兮惚兮
竟然捕住那
舞姿——婀娜
輕盈
若有若無
若來若去
無邊無際
無始無終
看似不經意的
偶然

夢境的迷離
飄忽的虛幻

茫兮渺兮
依然感知那
韻律——大音
　　天籟
亦紛雜
亦狂亂
或舒緩
或悠揚
彷如出岫之
無心

穀紋璧

圓圓凸凸　顆顆粒粒
排列得多麼齊整
小小芽尖悄悄自邊緣
伸出　像小小的蝌蚪
充滿對生命的好奇
與喜悅　縱然

在戰亂的年代
紛紛爭爭擾擾攘攘
於國與國之間
世界仍是一如過去
一如將來
美好而完善一如
溫潤光澤的玉璧

五穀豐收
四野蛙鳴
風調雨順演奏著
自然和諧的
農家樂
千年萬年……

史前玉琮[78]

遂古之初，誰傳道之？
上下未形，何由考之？

——屈原，〈天問〉

什麼都還沒有發生
五千年前，七千年前……文明底
初始，也許是一彎流水
文化底源起，也許是
一叢篝火，也許
也許是一塊石頭——像我手中握著的
——瑩潤而蠱惑
迫使我，必須使它
成為什麼

是怎樣出現的？那第一個圓

[78] 古祭祀用的玉器。《周禮・大宗伯》：「以蒼璧禮天，以黃琮禮地。」

第一個方、第一個直角
圖案及其他……在毫無
傳承、依循的鴻濛。我不能
不能給你答案。我只能使它成為
什麼——一個問號
一個因。一個
發生。在什麼都還沒有
發生的時候，竟然發生。

創造的喜悅令我
幾乎相信自己是
神

玉具劍[79]

當寶劍出鞘
你是先聽聞雷聲
抑或先見到閃電
風起雲湧之際
時空劃下的是——
哪一位豪傑的
名字
劍膽照琴心
曾是怎樣的激情與溫柔
慧劍斬情絲
又是怎樣的悲戚和無奈

而在英雄時勢互為因果
演變的數千年後
你是否仍能感知

[79] 玉具劍，有玉鑲飾於劍鞘上，如璏、琫、珌、玉劍首等。「玉具劍」在戰國與漢時期非常珍貴，是皇家及王公貴族收藏的至寶，也是天子賜給藩王或功臣的重禮。《漢書．匈奴傳》載：「單于朝，天子賜以玉具劍。」

戰國雄風
大漢威震
的光耀與鋒芒——
自一柄古老的玉具劍

玉斧

伐柯如何？匪斧不克。

——《詩經・豳風・伐柯》

非殺戮與戰爭的
冷血靜物
常一株參天巨木
轟然倒下
一座宏偉的宮殿
巍然樹起

設若刀光劍影
刻畫出
歷史的風雲變化
斧斤之姿
舞出的

卻是神話
第一章的
開天闢地

玉觿[80]

以玉的溫潤與綿密
解開心底環結
以月彎之姿
上弦或下弦
龍騰　鳳儀　虎躍
雲飄揚……輕輕巧巧
挑開……撥鬆……
生生世世的綑繫
恩恩怨怨的糾纏
尋到那端倪　自盤根錯節
找到那源頭　讓長河般的
線索伸長自如——
時光的長河
生命的長河
無拘無束

[80] 玉觿為角形玉器，造型可能來源於獸牙。原始社會有佩帶獸牙的習俗，後來以玉仿之，遂有玉觿之形。玉觿於商代流行，其後歷西周、春秋戰國，至漢而不衰，漢以後消失。玉觿除用於佩帶裝飾的功能外，古人還以此做解繫繩結的工具。因此儘管各代玉觿造型變化繁複，卻總不離上端粗大、下端尖銳的基本特徵。同時，佩帶玉觿被認為具有解決困難的能力，是一個人聰穎智慧的表現。

玉韘[81]

狩獵季已隨皇朝的沒落隱匿
茹毛飲血係更早的部落蠻荒
草船借箭乃歷史的戰略機智
生態意識才是最文明的醒覺
操弓引箭——
　非為殺戮
　　非為仇恨
　　　非為爭戰

如此瑩潤的玉扳指
原應套在愛神的手指
當弦放矢出
響徹空際的
是琴瑟的和鳴

[81] 韘，在古代射箭時戴在手上的扳指。

合巹玉杯

Fill each other's cup
but drink not from one cup.

——Kahlil Gibran, 'On Marriage'

縱然杯沿紅唇印證比翼
杯中綠酒滋潤連理
縱然姻緣簿上註冊：
佳偶天成五世三生
古老《詩經》書寫
淑女君子鐘鼓琴瑟
縱然慾已凝結為玉
吾愛吾愛——
我必須有我
你必須有你

白玉笄[82]

三千煩惱隨即
柔順乖巧地
被塑成——
嫻靜典雅的
髮髻

一支白玉簪
在烏黑的髮叢中
閃亮——
像穿越雲層的陽光
像舞入化境的芭蕾舞孃

[82] 笄，用來盤髮的簪。古時女子十五歲才梳頭，插簪子，稱「及笄之年」。

盤玉[83]

　　慾念升起、借屍
還魂的唅蟬[84]重見
天日、越過無數朝代風雲
　　山嶽水流
　　陰陽迴轉
再次前來投身於我
　牡丹花下，何止
一個癡字可概括

縱然八方來去，仍係
　三度肉身，雖知
　　五蘊五色
　實乃無蘊無色
　靈肉繾綣

---

[83] 盤玉，對玉的把玩。《古玉辨》說：「出土舊玉，要想恢復原狀，非通過盤出之功。」

[84] 唅蟬，出土的蟬形玉片。古人認為蟬是神靈，因鳴蟬雖然生命只有幾個星期，但牠的幼蟲階段卻是達兩年至十三年不等，一由卵中孵出便鑽入泥土，多年後再爬出地面，蛻化再生，飛上枝頭。因此，古人相信若以玉蟬置於死者口中陪葬，亦能使其超越死亡，恢復生命。

紅樓韻事、豈僅
兩個名字的專屬[85]

[85] 指賈寶玉、林黛玉。

司南珮[86]

也是那樣樸實的形制
——一把小勺
暗夜的天空
希臘神話的七星座
恆河沙數的磁場
紅塵萬丈的地盤
也是那樣簡單的擺式
僅須一瓢飲——引你
渡你——
　勺柄朝南

[86] 司南珮，源自司南，即指南，利用磁石之指極性，古人用以正方向、定北之儀器。司南珮，器似方勒，長約寸許，上端琢成一小勺，下端一圓形小盤。司南之器，本為占卜之用，漢時卜筮之風盛，遂仿司南之形，製為小珮，隨身攜帶。

剛卯[87]

桃核般靈巧的玉體
刻骨銘心地雕上
幾個減筆、假借
或諧音的殳書[88]文字
讓你隨身攜帶
驅邪避惡
迎福吉祥

---

87 剛卯，乃一種長不及寸許，方柱狀之小玉。源於桃符。《詩經‧衛風‧伯兮》載：「伯也執殳，為王前驅。」殳即桃殳，係以桃木製作的木棒兵器。漢代以玉為之，而成隨身佩帶去邪之物。

88 殳書，秦時的一種書法體式。

飛天

蝶翼翩翩
鳥翅翱翔
牛頓的蘋果倏忽
騰空而去
在神話與科技之間
交織著——
多少難解的密碼
及繁雜的方程式
答案不在海上仙山

結論亦非月中寶殿
而是一尊大唐鏤雕
青玉飛天——
輕盈的乘風之姿
飄揚的裙裾彩帶

白雲朵朵綻放
蒼穹徐徐展現

如意

當所有的慾
凝成一塊玉
我底意願是
成為一尾魚
在時空的海洋裡
自由自在地遊戲
抑或是一場雨
滋潤著……
滋潤著萬物眾生

及

如果是
緣
軸心乃我
你的影子
適巧在煙霞蒼茫的海上盤旋
夢兮幻兮地
你進入的　竟然是
我的
圓

單純

新雨後　仰望
穹蒼　虹橋
你終於了悟：那最最單純的色澤
白
竟然是　啊
竟然是
五光·十色·八方·

四海・六合・三界・九霄・七彩的混雜

悟

而這一切
竟然是
與你與我
無關
若非你
也有
另一個你
一個與你
相同的你
來替代
你
也有
另一個我
一個與我
相同的我

來替代
我
（世上有許許多多的你
天下有千千萬萬的我）

如果是
緣
軸心乃我
你的影子
適巧在煙霞蒼茫的海上盤旋
夢兮幻兮地
你進入的　竟然是
我的
圓
如果是
命
掌紋在我
你的回音

正好在雲霧飄渺的山中遊蕩
恍兮惚兮地
你呼喚的
竟然是
我的
名

緣盡
命臻
一切皆歸於
無
你已非你
我已非我
圓仍在轉　無始無終
名仍在傳　無有無無
昨兮今兮地
出現的境界
竟然是

一個悟

始

一城夜的
輝煌燃自那一盞
　小小的燈
滿天的閃爍我卻能
指認——亮自那一顆
啟明的星

一季花的
繽紛綻於那一朵
　怯怯的蕊
生命的顏彩我卻能
知悉——始於那一瓣
赤誠的心

無題

既非荒謬的神話
又非無稽的傳說
在埃及　有獅身人面雄踞沙漠
在丹麥　有人魚公主供人瞻仰
有非魚非鳥的族類
水中出沒
在虛無的海的那邊
有似龍似鳳的生物
乘風飛翔
在遙遠的陸地的盡頭

白晝的太陽屬於你　在晚上
夜晚的月亮屬於你　在白天
卜一個卦吧
　壹陰　壹陽

合一個時吧
　有乾　有坤
做一個人吧
　當男　當女
左手　舉著太陽
右手　舉著月亮
轉出——
一個混沌未開的太極

角度

在那個角度
一片天　只有井口那麼大
一個球　被認定是方的
一隻象　成了一堵牆
一頭驢　是一匹馬

在那個角度
　你是最仁慈的
　你是最公正的
　你是最智慧的
　你是最勇敢的

戰爭　發生於最和平的角度
仇恨　醞釀於最友愛的角度
自私　孕育於最寬宏的角度

偏見　出現於最理解的角度
所有的雕像都堅持最美的
角度，真正的英雄是誰？
全部的鏡頭都對準最佳的角度
不朽的傑作有幾張？

三十度　四十五度　九十度
牛頓的蘋果不會掉在你頭上
釋迦牟尼的菩提樹不會長在你心中

如果你追求不到圓
如果你認識不到整體
如果你只是一個部分
如果你只能停留
在那個角度

數字

從一個星球到另一個
星球的距離
是一個數字。從石器
時代到核子武器
時代，從北京人
到太空人，《道德經》
到《山海經》，靜脈到動脈是一個
數字

你的出生
年月日，排行，三圍
教育程度以及有過多少次
有關愛情
職業、旅行的種種經驗
是一個數字

你在銀行的存摺
動產與不動產

你是一個數字：在閭里
在球隊、在俱樂部、在課室
在護照以及
在出入境登記證上
在汽車牌照
在駕駛執照
在牙醫診所、在信用卡
在出生及死亡的表格裡

你必須牢牢記住
那一個數字，那一個
代表你一切的
數字：像納粹集中營的階下囚
像孤注一擲的賭徒
把全部的籌碼

押在一個
數字上

影印

是否依然堅持追尋自我
獨立的思考
與個性，在眾多
同一面貌
同一姿態
的孿生體內，欣然接納
歸屬與認同

當模仿成為一種捷徑
亂真的幽默感
便是一種藝術的傳播方式
一次又一次地重複不再是機械的單調
自我的再現竟成為種子的繁衍
在不同觀賞者的心田
開出不同色彩的花朵

感覺

如果我能逐一說出
那些感覺
的名稱，明確地
如汽車零件——當你的手握住
我的手，你的唇
輕移過我裸露的肩胛，或是
我們就這樣面對面
站著
不說一句話

這樣的
感覺，我想告訴你：
是櫻桃的滋味——有點甜
帶點酸且夾雜著
一些苦澀

啊！我怎會不知道呢？你說
那是草莓
的滋味，也是葡萄的
滋味，也是……

但我要你瞭解的
我底感覺——是數學
那樣地精確
純金那樣地不摻一絲雜質
是掛在我們床頭
那張寫實派的
畫
啊！那張畫，你輕呼著
像照相一般明朗，我當然知道
它底色調——那紅中
帶藍
而又不是紫的……就是

就是那種
感覺吧

夜遊

用貓的眼瞳透視黑夜
　我們即忘卻睡眠
甚至盼望晨曦永勿來到
朝霞和夕陽
　　總帶給人疲倦

而此時
一彎新月正升起
如妳赤裸的肩
如溫柔的搖籃
但周遭的音樂不是催眠曲
是比夜鶯更撩人的情歌
把妳的臉唱成一朵如癡如醉
卻又睜大著雙眼的
睡蓮

於是我們用香檳酒沖成海的
波浪
在不同的舞姿裡載沉載浮
然後扯起妳輕飄的裙裾成
帆
在星斗與星斗之間盪秋千

黃道帶的鳥獸蟲魚皆駐足觀看
流星雨灑了我們一身的璀璨
寶瓶座的仙女來邀我們
　去天河外的伊甸園泛舟
但我們寧願回到紅塵十丈的地球
　繼續通宵達旦地
夜遊

撫觸

當一切訴之於心靈的流派全然崩潰
意識流的情節也不再引起你底激情
超現實主義塑造的怪異形態，較之
印象派更瘋狂。抽象底創作呈現出
一種生怯一種世紀末的空洞和虛無

我怎能再緊緊拉住電話線的這一端
堅持語言的功能？或在短短的紙上
寫長長的信賣弄文字的力量。花朵
巧克力與鑽石充滿物質的商業氣息
古典矜持的含蓄美也不再成為時尚

於是我選擇自然風格，浪漫情調的
寫實路線——大膽且溫柔地走向你
以立體、以三度空間最最現代化的

撫觸：達致心靈和肉體交會的藝術
自你底手、你底唇、你底肌膚……

那些你沒有説出的話

用一個轉身的姿態
改變話題，用一個微笑
掩飾心中的祕密
那些你沒有說出的話
我都聽見——
一朵花　是一個隱喻
一句詩　指點藏寶的所在地

被厚厚雲堆
隔離的
你底雷的怒吼
被層層岩石阻擋的
你底泉的
叮嚀
被密密枝葉掩蓋的你底

風的細語一般的
那些你沒有說出的
話：我
都
聽
見

我都聽見——
在冰山底層凍結著的
在象牙塔上塵封著的
在雞尾酒會高腳杯中
沉澱著的那些
你沒有說出的話
我都聽見

晚晴

穿件大花衣裙吧
南國的冬天像盛夏
午後的燥熱原係少女的憂鬱
走出門——
電線杆上的修築工人
竟對著我吹口哨
抬頭給他一個微笑
陣雨後……
碧空如洗
彩虹高掛映照著
清新的晚晴

逐夢

忘年之交應無時差
歲月軌跡卻如——
古瓷一道
難以掩飾的裂痕
早春的你　暮秋的我
隔著難以跨越的代溝
編織——
仲夏夜之夢

邀約

孤島的形象只是水線以上的錯覺
千噚的海洋底層原是整體相連的
國度的規劃屬於荒唐的陸地遊戲
潮汐的節拍永遠奏著同步的韻律
在一衣帶水咫尺天涯的蓬萊仙境
一隻青鳥慇懃地捎來邀約的訊息

老來喜

好戲宜於晚間欣賞——
白晝的熙攘開始遠去
紅塵的嘈雜逐漸退隱
黃昏星蒞臨——徐徐拉開
黑夜的帷幕——你仰望
蒼穹——展現出一顆、兩顆
三四五顆、六百顆、七千顆
八萬顆……啊！不
是九千萬，啊！是億萬顆
晶瑩閃亮的星……星星……啊不！
是億萬個
　　　銀
　　河
系
（我們的地球只是其中

一個銀河系中的一顆星）
壓軸戲總是排在最末——於是
你即可觀賞這壯麗的浩瀚
　體會這宏偉的遼闊
　融入這玄妙的空茫
當你的歲月——
　　邁
　　　進
　　　　老
　　　　　年

花迷

夾在我詩集
粉紅色的絲帶
是停留妳
髮上的
一隻蝴蝶

我常追隨它
飛到那一頁——
那一夜我如何將
妳底氣息　鎖進瓶中
妳底胴體　壓成標本

仙人掌

自你渴望陽光的面容猜測
你也同樣渴望
溫暖　而且熱誠地將
掌　伸向
每一個方向

（何以無人前來一握呢？）

這世界
真是一片冷酷
無情的沙漠嗎？

開運竹

斷代史中失落的另一節傳奇
述說著亂世孤雛成長的
外一章

濃蔭蔽天庇佑
的是哪一朝代的王孫
盤根虬蟠維繫的
是哪一地域的傳人

孑然一莖
猶帶君子之風
無依無憑
仍然能屈能伸

啊！早經跳出塵土的因果輪迴

甚至季節的循環
也已超越　於是
青水白石的被供養著
為你舒卷福祉的葉葉心心

虎尾蘭

仿效蘭花手的婀娜
描繪蘭花葉的飄逸
野草般的粗俗竟被冠以
剛柔並濟的芳名
　（小心！花能解語
　　葉有感應）
看！盆栽中央冒出
一支葉莖，挺直向上
愈長愈高　還結了許多
小小的蓓蕾　黃昏時分
逐漸緩緩
綻放出白色的花瓣
幽香四溢……直到……
直到現在我還聞得到……

羊齒吊籃盆栽

一如神話Medusa[89]滿頭蠕動的小蛇
又似龐克蓬鬆雜亂時尚的髮型
或是嬉皮張牙舞爪怪異的裝扮
至於披頭四——
長髮的形象則略帶
英國保守派的矜持比起
我陽台壁上垂掛懸盪的那叢
羊　齒　吊　籃　盆　栽

而羊底溫柔，草底青香
此時此地並非展示的主題
冷漠嚴峻的現代城市
建築確實需要一些
狂放、粗野的點綴
無拘、自在的擺設就像

[89] Medusa（美杜莎），是希臘神話中的一個女妖，一般形象為有雙翼的蛇髮女人。據說任何直望美杜莎雙眼的人都會變成石像。

羊齒吊籃盆栽

我陽台壁上垂掛懸盪的那叢

考古學

一切早已存在
連同你的詩句在內
你唯一該做的
便是挖掘……然而

埋葬的
城市，一如塵封的好酒
是不輕易出現的……
啟封前，有翠鳥
在空中盤旋，七日七夜
有巨蟒，坐鎮磐石
吞吐火舌

是天機，不可洩漏吧
千年、萬年的祕密

一旦出土，比之
Future Shock[90]更令人慌亂啊
這樣的祕密，必須一點
一滴的透露，必須極其溫柔
極其含蓄的——一片瓦礫
一隻古瓶
幾個象形文字
幾段結繩記事……最多
把北京人的頭顱
掛出來示眾，或是把
恐龍的骨骼
擺在博物館裡
亮相

至於其他
你必須耐心地
挖掘……發生的
都已發生——過去、現在、將來

---

[90] *Future Shock*，中文書名《未來的衝擊》，是由未來學家阿爾文．托夫勒（Alvin Toffler，1928-2016）於1970年出版的書，其中作者將「未來的衝擊」定義為個人和整個社會的某種心理狀態。

答案也全部早已寫就
我們的靈魂知道這些……

三三讀書會五週年詩賀

原始部落格已成
文明E時代
國際網站[91]的獵物

文人雅敘依然堅持
數千年傳承的閱讀方式
綣戀紙本書特有——
　頁之翻動如葉的音聲
　草木生態自然的氣息
　捧著抱著握著手不釋卷
　的肌膚相親

三——乃天・地・人的太極
三——係父・子・聖靈的壹體
三——是佛・法・僧的皈依

[91] 部落格（Blog）、國際網站（Internet），皆電腦術語。

友朋歡聚即選定
每月第三週
第三日申的時辰

三三讀書會亦篤信
「不立文字」的
禪宗大智慧——頓悟或漸悟
　在言談嘻笑
　在佳餚美食
　在咖啡的濃郁
　和茶的清香裡

幸福讀書人
——賀三三讀書會十週年紀念

　不是寒窗——
幸福讀書人總是選擇
溫煦陽光照耀的場所
　亦非苦吟——
幸福讀書人總是歡欣
輕鬆、自在：不為
金榜、花燭、財富甚至
學問
幸福讀書人只是愛讀
想讀——讀詩、讀文、讀人
讀琴、棋、書、畫、雞、犬、魚、蟲
讀飲食男女、浮世百態……

幸福讀書人

在法國文化沙龍讀
在唐朝桃李芳園讀
幸福讀書人
在竹篁幽壑、高山飛瀑讀
在小溪潺潺、荷池田田讀
幸福讀書人
在南太平洋東經30°
北緯120°名叫菲律賓的島國讀——
每個月第三週下午三時
任風雲動盪
時光流轉
人事變遷
十年來，是的，十年——
幸福讀書人
依然在讀，持續地在讀……

望遠

來到這家依山
面海的餐廳——為的是
讓近視的自己
一下子就望得見
天際水涯的
遠

選一張臨窗的桌子坐下
開始慢慢啜飲
餐前酒　一隻小舟
也開始慢慢
划出　自岸邊

第一道主菜後　抬頭望見
小舟　正向

遠處天際
水涯划去……我繼續
第二道菜

侍者端上甜品時
小舟已成為模糊的
一個黑點　但
天際水涯卻依然是
遙不可及的

喝完咖啡　不見小舟蹤影
（是划向中途的島嶼靠岸了？
　或是小得、遠得難以辨認了？）
但更遠的
天際
水涯
卻清晰、明朗地展現著

我一下子就望得見
一下子就望得見

高峰會議[92]

而且是閉門的，那神祕性
便較雲深
更不知處。有關
雪人的足跡以及
凍頂仙草等等的傳說
松下童子是回答不出
所以然的。當一顆
炸彈引爆，或一位
高官飲彈
紅色的警戒線是「遊客止步」的
危險禁區

有經驗的登山人認為：這是具有
歷史性的挑戰，比征服
埃佛勒斯峰更有意義——當

---

[92] 東南亞國家協會第三屆高峰會議，1987年12月14日至16日在馬尼拉舉行。與會者有菲律賓、印尼、馬來西亞、泰國、新加坡和汶萊六國元首。

一枚中程的
核能火箭被廢除
一項長遠的
經濟協約被簽定

高處
不勝寒的憂慮是多餘的，座落於
南太平洋陽光與暖風的
高峰所在地，採菊的東籬人說：
廬山的真面目應該是
一位美麗的
東亞混血兒，具備著
愛山的仁慈
與
愛水的睿智

婚禮[93]

童年扮家家酒或更早
更遠　亞當
　　夏娃
伊甸園的遊戲：你是夫
　　　　　　我是妻

白馬王子
白雪公子
白紗籠罩下一片鴻濛的
童話天地
創世紀的儀式
也是白色的——
白的燃燭
　燭身是巍巍圖騰原始的喜訊
　燭光是裊裊烽煙童貞的佳音

[93] 西俗婚禮三項重要儀式為：披紗、燃燭及套繩。

白的繩結　繫出
　生命中最最重大的記事
　日期與名字
　　遂被煉金術懾於
小小永恆的光圈
沿著乳白奶油蛋糕的
歷史梯級
每一個朝代的滋味
都是甜甜的
看！一對白鴿
展翅飛出
自滿綴百合的花鐘

政治

The only thing politics and poetry have in common is the letter P and the letter O.

——Joseph Brodsky

原是與愛情
無關的：那些諾言
即使不能
一一兌現
你也不該流淚

而且競選大會
一如嘉年華會
在喧鬧和嘻笑中
人們有瘋狂
和愚昧的自由

當我將你底名字
投入選票箱時，心中確實
充滿情書
投入郵箱的
激動

至於覆信的
期盼——水路的
該去問魚
空航的，該去問
雁

茉莉花

人民的力量發生在
愛德薩公路　咬牙
切齒的武裝坦克無奈地
掉轉頭　不敢踐踏　不忍踐踏
不願踐踏十朵
百朵　千朵　萬朵手拉手
肩並肩馬尼拉男女
老幼愛自由　愛民主
愛正義的茉莉花　已然扣動
扳機的士兵　槍口
朝著修女泰瑞莎
以及無數　手無
寸鐵的婦人　學子
教士　父老兄弟……他們的臉
堅定如馬尼拉灣的

防波堤：用不抵抗
主義靜待
狂風巨浪洶湧而去

人民的力量
發生在克拉美軍營的廣場上
三日三夜　不眠不休
聚集守衛的是來自廚房
來自工廠　來自學校
來自馬尼拉每一個角落的
士農工商……直升機的
螺旋槳由遠而近
空中突然出現
兩隻惡鷹的形象
上帝佑我　馬尼拉的人民屏息地
準備承受浴血的傷亡　然而
那不是惡鷹　是輕盈著地的蜻蜓
以點水般美妙的姿態

投向
人民的力量

人民的力量發生在侖禮沓
公園　民族英雄
黎剎也擠在狂歡的人群裡
高高在雕像上　五十萬
一百萬　兩百萬
三百四百五百萬馬尼拉
的人民一同聚集
望感恩彌撒
「他是我的避難所　我的堡壘
我的神　是我所倚靠的……」
沒有流血　沒有暴力　沒有
仇恨　榮耀歸於
上帝　榮耀歸於馬尼拉
人民的力量
一九八六年二月

呂宋島的陽光溫煦而芳香
南太平洋的風輕柔而舒暢
曳著長尾的哈雷
彗星　正行過中天之頂
而在不遠的馬卡地
高樓林立的愛雅拉大街　有人目睹
神奇的景象：億萬隻
黃蝴蝶
由天而降　翩翩
飛舞……
像瑞雲
像花瓣
像彩紙飄揚著無窮無盡的
祝福與希望

雙魚座

巴比倫的居民可做見證人：
在幼發拉底的激流裡
靈
與
肉
曾掙扎著，向反方向
游去

一條海王星的皮鞭，繫住了
水族底愚蠢
智慧的女神遂將我們
安置在天上。讓
鱗光
與
星光

互相輝映，騰躍於浪的也
翱翔於雲

穿越藻荇的也穿越虹霓
屬於西方的
也屬於東方。在中國——
有金雕玉琢的
有墨繪彩繡的
兩條魚
頭尾相銜，合成
一個纏綿的圓
心心相連，擁抱成一個
陰陽的太極

寶瓶座

那水源　是來自雲層上
三千大千世界呢
是雲層下
　　芸芸眾生底淚
　滔滔江海底浪
匯合成的
昇華　再下降
再周而復始
進入瓶中
進入
天王星座御殿底
護城河　再
流向　尼羅與揚子
　恆河與忘川
　　南極洋與北極洋

流向

愛迪生的血管
嬉皮的長髮
法國革命的口號——
自由　平等與博愛
最後：停留在
笛卡兒哲學的方程式裡——
我思　故我在

摩羯座

把野心掛在山羊的鬍鬚上
然後拉長了臉
用南回歸線，彈一曲
憂鬱

在人類居住的地球，白晝
最長的一日
正被經緯度織成
最難忘的畫面
我們手拉著手，朝海邊
跑去，聽牡蠣
把沙磨成珠
看鯨魚的尾在水中划過

十個月亮正從

另一個星球的鬢邊升起
萬千星石組成的光環繞著
它腰際旋轉。我要把它
套在你的無名指上，你說
當柳樹低頭輕吻自己
水中的影子

奇蹟終於發生在十二月
救世主翩然降臨
當太陽
照在摩羯宮的屋頂上——
於是：登臨山峰的亦能
潛入海底，去到
天界的，亦能重歸凡塵

射手座

我底箭，射入
你生命的
第幾次輪迴？
我底弓，彎向你
靈魂的第幾度
空間？而你
是那操弓的
射手，是離弦的箭
是被射中的鵠的
來自
太陽系中
最大的星球

奧林帕斯山上
有你底愛人

天際　有你底星座
人間　有你底雕像
而你　不屬於
神
不屬於人
不屬於獸　甚至
不屬於
狩獵的季節

天蠍座

於是你滲透愛情　一如
你滲透死亡　一如
向女王蜂求愛的雄蜂
將生命和螯同時獻上
一如交尾後
連屍身也被吞噬的
螳螂

火山迸裂　我以滾燙的溶液
淹埋你　像維蘇維佔有
邦貝古城　我以
蛛網捕捉你　使你落入
我底陷阱　成為我底俘虜
以巨鷹的利爪　奪取你
靈魂之雙瞳　以響尾蛇

的毒液　注入
你生命之骨髓

在剃刀邊緣　在痛苦與狂歡的
槓桿上　你和我
在冥王星　離奇的
天體軌道迴旋　有笑聲與哭聲
來自　地獄和天堂
有誕生與毀滅　源自
同一時空的焦點

天秤座

把整個太白星球的重量
放在天秤的
另一端　依然
不能和我底靈魂
保持水平
依然像時間的鐘擺
懸盪
在兩極之間
在理想國　三十度偏南
依然找不到
中庸之道

坐在牆頭
看兩面的風景——
高的樹　和　矮的草

笑聲
和
哭泣
石子　和　金塊
比重　竟是如此
等量的
至真至善至美

於是他們用一塊黑布
蒙上
正義女神底雙眼　且把
訴訟的人　放逐到
維也納森林
去看紅葉
去研賞脈絡分明的
季節的
掌紋

處女座

到達純度至高的頂點：自鉛中
提煉出　金塊
自污泥　綻放出蓮花
自混沌的塵埃與大氣
凝聚成
一顆星球

而一切猶待開始
當水星
再一次從地平線上升起
阿拉伯的酋長，不再
以面紗，遮住我底容顏
武士們用劍
挑開貞操帶的鎖鏈，當祭士們
仍堅持

以血的代價
證實靈魂的清白
我即披著垂地的長髮
步出象牙塔

豐收的季節即將來到
神的使者將羞澀的
彤雲趕向
天河以西
我柔順地走向你
為你採摘
金黃的麥穗
孕育健康的兒女

獅子座

他們無須爭辯，無須越過
子午線，前來向我挑戰
無須在時間的那頭
向我炫耀
路易十四的寶劍，拿破崙的
野心，已被西伯利亞的寒流凍成
一顆北極星。我在等待
我只等待，等待
你底掌聲，自風中響起
你底靈魂
在下個輪迴，進入一朵
向日葵，對我
仰著金色的臉
展示露齒的笑。我會
循著英雄的路徑，騎著白馬

前來救你。當陰影開始
吞噬你，我會愛你
如你底父，佑你
如你底王
當黑暗籠罩半個地球時
我即擢升你為
一顆星
在我永恆底軌道
繞行不墜

巨蟹座

沿著北回歸線　尋找
生命底轉捩點
七月之後　兩棲動物的
歸宿
是陸地是海洋還是
永遠在邊緣的斜坡
迂迴　不敢
不敢直接走向你
故意兜著圈子
故意裝得非常
勇猛與兇惡——
頭上戴著鋼盔
身上披著鐵甲
橫
行

霸道地
踩過恆河沙粒
天河星斗之後　悄悄
悄悄躲在岩石背後
哭泣

雙子座

常常自言自語
自己問自己
左邊的我
和
右邊的我
內省的我　與　外向的我
常常
互相爭執

在兩極之間
在晝與夜
靈
與
肉
精神與物質的十字路口

辯論
孰遠　孰近　孰是　孰非
在人與神
愛
與
恨
理想與現實的構圖上
尋覓方向
從你到你　你到我
我
到
我
搭築橋樑　從
這一空間　到　另一空間
這一時間　到　另一時間
從這一生命　到
另一生命　永遠
不再孤單

以鳥翼之輕盈
以水星之快速　為你傳遞
訊息　從星球到星球
季節到季節
地平線　到
地
平
線

金牛座

阡陌縱橫　劃下了
我底滄桑
我底腳印
在五千年前　第一株秧苗
插入泥土　即奠定了
農業社會的基石
使偷禁果的　栽種
合法的五穀
被蛇引誘的　篤信
勞力的神聖

而愛情　在伊甸園外
也一樣
天長地久的綿延著——
那個成天騎在我背上

吹笛的
中國牧童　依然
一年一度地
踩過喜鵲橋　去會他
多情的紡織孃

甚至　流血也是值得
當西班牙公主　將一束
紅豔的玫瑰
擲向　英勇的鬥牛士
競技場內的歡呼
在九重天
在金牛宮底御花園
也是依稀可聞的

塵世的綣戀與苦難
皆已非常　非常地
遙遠　我只能在靜靜的

深夜　在你靈魂酣睡的
第六度空間　悄悄
撥開雲霧
俯視我熟習的——
安詳的農村　豐饒的
大地　以及
青青的草原

白羊座

抉擇的時辰近了
你底意志　不再受
經緯線
縱橫的束縛
兩條路　自你頭頂　瀟灑地
分道——
向西或向東
繼往或開來

越過薄冰的河面　那雙魚
嬉戲的宮殿　已在
忘川之渡的
彼岸
在億萬光年之前
在水晶球　吉普賽巫婦的

第三眼之後

而你必須衝越
火星底烈焰
踏遍　紅色的草原
捕獲那頭金色的
山羊毛　用以宣揚
英雄主義
用以輕輕覆蓋
依偎你身旁的　溫柔的
溫柔的女郎

群星會

將近千年了
九大星球從未一同聚集過
他們是太陽系中奉公守法的子民
靜靜地在自己的軌道上循環迴轉
默默地在指定的崗位上各司其職

召開星球大會了
眾星球駁氣騰雲，渡銀河，涉天水
越萬里按時抵達
地點是地球南端蔚藍的天空
時間是一九八二年三月十日破曉之前
主席為光芒萬丈，極具威嚴的太陽
出席之巨頭為水星、金星、火星、木星、
　　土星、海王星、天王星、冥王星
由於地球係此次會議被杯葛的對象

大家都不願稱它為星

會議尚未開始，謠言早已滿天飛：
世界末日將到
太陽系將瓦解
天體軌道將重新劃分
宇宙定律將被推翻
人心惶惶、滿城風雨——
忙壞了那些天文學家、星象家、科學家……
急懷了那些占星研究者、神祕玄學者
　　宗教狂熱者……
嚇壞了那些凡夫俗子，販夫走卒、男女老幼……
會議開始了
會議桌呈九十度展開
各星球踴躍發言、慷慨激昂
指出地球人的十大罪狀
地球人企圖侵佔其他星球領土
地球人企圖盜用其他星球天然資源

地球人正傾人力、物力、財力
　從事太空偵查，致力太空破壞
地球人不知維護本土天然資源，而致
　能源置乏、空氣混濁
　環境污染、飛禽走獸絕跡
地球人不知控制本土人口澎漲
　而思移民其他星球
地球人擅自登陸月球、擾亂寧靜海的平靜
地球人擅自發射人造衛星、設立太空間諜網
地球人無照駕駛飛船、飛箭、飛彈
　橫行太空、目無法紀
地球人危言聳聽、編造火星人
　不明物體等妖言惑眾
地球人擬發動星際大戰，破壞太空和平

地球成為眾矢之的了
他緊緊地拉著身邊的月亮不放
該怎樣辯解呢？

他的好奇，他的叛逆，只是為了
不願做一個經年轉來轉去的球
而要做一顆永遠閃閃發亮的星

千年龜

千年之後當然是
另一個千年
再一個千年
漫步於大地之上
浮游於水天之間

那隻兔子飛快地
跑過去了還有那條
龍　那尾蛇　那頭牛
那匹馬　雞　狗
豬以及那隻小老鼠
和大老虎……
他們現在去到了哪裡
他們是醒著還是睡著

我沒有參加他們的行列
他們走得太快
太倉促
為了要早些抵達終點
為了要做贏家

千年之後依然是
又一個千年
許多的千年　那時
我光耀的甲冑
就會顯現無數
繼續著的
千年的預言

田徑七弦

一、跳高

　標竿上刻著層層超越的夢
騰躍的心情便較小鹿嚴謹多了
剎那半空的停留縱非翅的翱翔
慢鏡頭分解動作裡你屏住呼吸
　　　　　　　　　一步跨過
　　　　　　　　好高好高的
一座山

二、跳遠

無舟楫
無橋
無路
自一條地平線　到　另一條地平線

自一個經緯度　到　另一個經緯度
自一季回歸弦　到　另一季回歸弦
那距離——
在鰭之外
在蹄之外
在翼之外
我縱身
一躍　便抵達
彼
岸

三、撐竿跳

也便是
那樣輕巧的
一葦罷了，便能觸及
星底芒翅
重降——————紅塵時
我是沙堆裡閃亮

閃亮的一粒
金

四、賽跑

我是閃電的
光、我是迅雷的
聲。在你掩耳之際
已完成一首
風雨交響曲——
　自起線的初弦
至終線的末弦

五、鐵餅

有人仿效鳥、獸、魚、蟲底
動態美
有人勤練風、雲、雷、電底
英姿　競技場上
我乃一濃縮星球

全蝕的側面　叛逆
臨空　遠離你密密掌心
運命交織的紋路
飄逸　如童年擲出的飛盤
沉潛　如即將旋入的幽浮

六、鉛球

原是獅子座口中含著的
一粒珠　沉重的心事
熔滙成　鐵灰的面色
落入三界後　是一枚威力難測的
彈丸　我虔敬沉穩的拾起　向
遙遠的天河　奮
力
擲
去
啊！奧林匹克的火炬
已將它點燃

七、標槍

不是狩獵的季節
不是殺戮的戰場
生命投擲的方向
舒展成一條情底直徑
靈魂瞄射的鵠的
凝聚為一點愛底圓心
但我確實用它刺穿過
一隻野鹿的肺腑
很久很久以前　妳在洞穴邊
候我回家　我們尚不懂什麼叫
火　除了心中感受的一團燃燒

波斯貓

我伸縮底瞳孔在黑暗中見到些什麼
東方一古老國度的神祕以及你前世
再前世
許多世結下的宿緣

在光映七彩的白晝
我是九命迴旋陰陽界的異端
三度空間的歲月閒適如絲絨椅墊
望過魚缸的海洋　鳥籠的
天空　有人前來向我索取
第六感之外的預言

靈視的觸知豈僅一雙
狐媚的眼　隱喻般
你蠱惑於我謎樣的姿態

說我是　霧
說我是　女人
說我是童話中詭譎的魔毯

披頭的形象有夢底狂放
蓬鬆的容顏有雲底飄逸
意興來時
你會為我悉心妝扮——
繫一個小銀鈴響出叮叮的情韻
紮一個蝴蝶結飛出翩翩的愛念

孔雀王朝浮華的羽翼奪不去
我的專寵　當我雪印花瓣
悄靜的步履踩入踩入
踩入你最最纖柔
最最深微的
　　潛意識裡

蚊

青面獠牙的故事在許多陰暗的角落
流傳著——但我們
卻有著天使般
透明的翅翼，血肉的
身軀，游絲書法
瘦金體苗條的形象
書生的形象
適於做掌上舞
的形象。而且
我們底語言，具備宗教
誦經的節奏，鄉音
吟詩的韻律。喃喃的
咒語，能使整個城市
突然陷入空襲前的慌亂

嗜血的習性是與仇恨無關的
我們奉獻的是
火熱的
唇。而血——原是處女
貞潔的印證
生死之交、山海不移的
誓盟
感傷的唯美主義
是蝶底贖罪方式
（作繭自縛的愚昧）。便希冀
以美
取悅人性底慈悲
便像耶穌，被活活
釘上十字架。而蜂底
犧牲精神，則是終生忍受
奴役的苦刑

青面獠牙的故事依然流傳著

在許多陰暗的角落——但我們
並不害怕
我們有天使般
透明的翅翼。在陽光
照射不到的地方
自由地飛翔……
快樂地歌唱……

速度

超音
噴射機長途
飛行的旅客
感受的是：緩慢
和疲累

光底
芒刺，為肉眼捕捉時
天文台說：那顆
星
已然不復存在

快速
如人生
有人覺得：

時間
該殺

緊握方向盤
踩足油門，絕塵
而去——我要
超越　聲音
超越　光
超越　人生

時差

失落長夜的永晝
依然予人夢底恍惚
帶著宿醉般惺忪的眼
望你，啊！
今宵酒醒何處

越洋鴻雁歸來的似曾相識
又像洲際倦遊的一朵
噴射雲——噙住淚水
俯視一城舊雨新知：該如何傾訴
滿腔時空動盪的迷惘

而你如常地又來邀我做你的舞伴
太快或太慢，原諒我
總是踩到你的腳

等回歸線的弦重新調整，那時
我就會跟上原有的節拍

時間表

I enjoy reading railroad timetables, recipes, or indeed, and kind of list.

——W. H. Auden

已然成為一種可以觸知的
預言，便無須龜甲
與筮草尋覓
那些將要發生的事件
活動的行程排列像雨水、驚蟄
芒種、小滿的時序節氣——必然是
一個風調雨順的太平年

甚至有關愛情的主題，我們也不再
迷戀浪漫主義的矯揉
規律，正常而知足
我們是相依廝守的柴米夫妻

虔敬保守的天體運行——必然是
一個和諧圓融的太陽系

誰是那信仰「偶然」的無神論者？
當潮汐起伏著自然的節奏
學子諦聽著上下課的鈴聲
當一顆美麗的黃昏星準時在天際出現
一列莊嚴的早班車分秒不差徐徐進站

發生

其實，什麼都沒有發生
河水依然流動……不斷……繼續……
無休止的流動……流……動……

其實，什麼都已經發生，在
上一世或許多次的
輪迴，生生死死你已忘卻
但那些發生並未忘卻
你，你的執著
　　　不捨
　　放不下，於是
你必須重複，再重複……
（重複是為了忘卻，不是記
　住。）
河水依然流動……不斷……繼續……

無休止的流動……流……動……

其實，什麼都正在發生
發生過的……尚未
發生的正以
另一種姿態
　角色
　方式，在發生……

其實，什麼都沒有發生
河已消失，水也不再
但流動依然……不斷……繼續……
無休止地流……動……

互聯網

蝶翼輕鼓[94]
遠方有雷聲隆隆
風起雲湧　倒海
移山……你是否也念及更遠
更遠的一枚小小春蠶
如何閉關如何千思
萬慮織成繁密、繁雜
遼夐的絲繭——一如由東
至西延伸大漠、海洋
異域的絲路——你和他和我
不同國籍、膚色、
偶然（或必然）的交會
及糾纏……而很遠
很遠也是很近很近——
像後院栽植的絲瓜

---

[94] 蝶翼輕鼓，這裡援引科學混沌理論「蝴蝶效應」做比喻。

貼身穿著的絲衫
繫在髮上的絲帶
啊！蠱惑迷離，神奇幽幻
你是否也覺知你就是
他、他就是我、我
就是蝴蝶，春蠶，絲繭，絲衫
絲瓜……就是互聯網開啟
大千世界的萬物萬象……

融和

將一枝早春的薔薇插入
一尊晚明的玉壺春瓶
靜靜觀賞它——穿越
三百多年青瓷古物的
時光隧道——緩緩含苞、綻放
盛開——
把過去、現在、未來
同步展示生命連綿
不輟的神奇

語言文學類　PG2396　秀詩人70

浮生詩影

作　　者／謝　馨
責任編輯／洪聖翔
圖文排版／蔡忠翰
封面設計／蔡瑋筠
編輯協力／文訊雜誌社

發 行 人／宋政坤
法律顧問／毛國樑　律師
出版發行／秀威資訊科技股份有限公司
114台北市內湖區瑞光路76巷65號1樓
電話：+886-2-2796-3638　傳真：+886-2-2796-1377
http://www.showwe.com.tw
劃撥帳號／19563868　戶名：秀威資訊科技股份有限公司
讀者服務信箱：service@showwe.com.tw
展售門市／國家書店（松江門市）
104台北市中山區松江路209號1樓
電話：+886-2-2518-0207　傳真：+886-2-2518-0778
網路訂購／秀威網路書店：https://store.showwe.tw
國家網路書店：https://www.govbooks.com.tw

2023年5月　BOD一版
定價：550元

國家圖書館出版品預行編目

浮生詩影 / 謝馨著. -- 一版. -- 臺北市 : 秀威資訊
科技股份有限公司, 2023.05
面； 公分. -- (語言文學類；PG2396) (秀詩
人 ; 70)
BOD版
ISBN 978-986-326-899-4(平裝)

868.651 110004444